云边有个小卖部

Moments
We Shared

张嘉佳

著

湖南文艺出版社
HUNAN LITERATURE AND ART PUBLISHING HOUSE

博集天卷
CS-BOOKY

Preface

前言

谢谢你能购买这本小说。

如果你有时间打开，

那请给我一个机会，

陪伴你度过安静的阅读时光。

那么热的夏天，

少年的后背被女孩的悲伤烫出一个洞，

一直贯穿到心脏。

Moments We Shared　云边有个小卖部

山这边是刘十三的童年，
山那边是外婆的海。

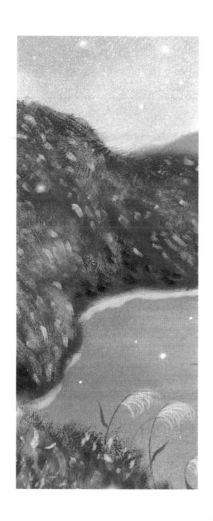

这是最动人的夏夜，
谁也不想说话。

如果这样能让王莺莺开心的话，
以后每年中秋，他还是回来好了。

路灯打亮飞舞的雪花，爆竹震天响。

小孩子成群结队，提着花灯，到处拜年。

Contents

目录

"王莺莺，为什么天空那么高？"

"你看到云没有？那些都是天空的翅膀啊。"

Chapter

1

山野，桃树，王莺莺

1

初夏的屋檐下，刘十三嗑完一捧瓜子，和外婆说："感觉有人在想我们。"

外婆说："想有什么用，不给钱就是王八蛋。"

满镇开着桔梗，蒲公英飞得比石榴树还高，一直飘进山脚的稻海。在大多数人心中，自己的故乡后来会成为一个点，如同亘古不变的孤岛。

外婆说，什么叫故乡，祖祖辈辈埋葬在这里，所以叫故乡。

山间小镇，仿佛从土地里生长出来。高考离开故乡至今，除了过年，刘十三没有回来过。外婆全名王莺莺，自家院门口开了个小卖部，一开几十年。她穿着碎花短袖，白头发拢成一个髻，胳膊藏进套袖，马不停蹄忙东忙西。

气温上升，小卖部啤酒销路特别好，她垒起一箱箱啤酒，擦擦汗说："你干不干活，不干活杀了你。"

刘十三惆怅地说："你们山野之地，我待不下去。"

王莺莺说："保险卖得怎么样，挣到钱没有？"

刘十三叹气："挣钱不重要，我那叫创业。"

院中间一棵桃树，树底下的王莺莺拿起笤帚，哗哗扫地，斜眼看着他："要不这样，我把房子卖了，支持你创业。"

刘十三抱住她："外婆，我爱你。"

外婆一脚踢开他："走走走。"

刘十三问："中午吃什么？"

外婆点着卷烟，说："谁他妈管你饭，出去挣钱。"

六月早蝉，叫声很细密，若有若无的，像刚起床时的耳鸣。外婆从院门探出脑袋，说："多挣点，我晚上招待客人，喝两杯。"

王莺莺喝酒，两杯是打不住的。昨晚她起码喝了二十杯，醉醺醺地呵斥他："失恋有什么了不起的，再找一个不就行了！"

刘十三说："但我还没忘记她。"

外婆同情地抱住他的头，温柔地说："人家抛弃你很正常啊，你丑。你忘不掉人家很正常啊，她美。哭吧哭吧外婆疼你，外婆倒霉。"

刘十三挣扎了一下，发现外婆抱得很紧，于是伸手摸到酒瓶一口吹掉，在外婆怀里睡着了。

外婆应该不记得昨晚发生了什么，依旧精神矍铄。刘十三被端出家门，回头一望，半棵桃树高出院墙，门头挂着破旧的小卖部招牌，背景是远处的白云青山。

刘十三无可奈何。前几天，他还在城市打拼，结果失恋加失业，无比悲伤。王莺莺拎着两壶米酒跑到他住的地方，把他灌醉，拖了回来。

七十岁的老太太，开拖拉机一来一去两百公里，车斗里绑着喝醉的外孙。王莺莺自己也感慨："路太颠簸，傻外孙跟智障一样，一直吐。动不动就下车替他擦。艰难，辛苦。"

刘十三醒来，目瞪口呆地发现，自己居然身在山中小院。千辛万苦离开故乡，要打山一片天下，想不到被王莺莺用一辆拖拉机拖回云边镇。

这座小院装着刘十三的童年。放学之后，他问过外婆很多问题。

小孩子问："王莺莺，为什么天空那么高？"

老太太回答："你看到云没有？那些都是天空的翅膀啊。"

不知道什么时候起，很多事情已经很多年。

2

从小到大，外婆为他交学费，而外婆的收入，来自莺莺小卖部。打他记事起，外婆就叼着卷烟，开一辆拖拉机纵横山野，车斗里载着批发来的货物。

童年时代，刘十三痛恨外婆的事情数不胜数，最主要的三件：第一，零花钱给得少。第二，麻将打得多。第三，不尊重他的个人梦想。

每次他说"别打麻将了，钱省下来给我，让我实现梦想"，便招来外婆的质疑："你才四年级吧，能有什么梦想？"

刘十三说："考取清华北大，远离王莺莺，去大城市生活。"

外婆听到这儿抄起菜刀，追杀一条街。刘十三爬到树上，严肃地说："王莺莺我告诉你，你必须尊重我的梦想。"

外婆说："想学你妈，不吭一声往外跑，就不乐意跟我一块儿过是吧？"

刘十三说："我不学我妈，我给你寄钱，十万八万的小意思！"

外婆一刀劈在树干："我等不到那天，你先把去年的压岁钱交出来。"

刘十三一愣，哭得撕心裂肺，大喊："这他妈太不要脸了！我不要念小学了！我要直接考清华北大，我要直接娶老婆生娃！"

十四年前，外婆还会收到信。她不识字，然而也不交由刘十三读，就和几件首饰一起，藏在饼干盒子里。当时刘十三因为好奇，偷瞄了信封，按照上面的地址，也写了封回信过去。

他写得很简单：你好，我叫刘十三，王莺莺的外孙，我们生活得很惨，给点钱花花。

自此，他比外婆更积极地等待回音。

小镇街道中心，是供销所旧址，后来改成基督教堂。门口竖着邮筒，正对包子铺。刘十三斜背书包，问邮递员老陈："有我家的信吗？来了你直接给我，别给王莺莺。"

老陈问："为什么？"

刘十三说："你年纪大了别问那么多，我给你分红。"

刘十三等了一个学期，过年趁着外婆喝醉，打听对方到底是谁，有没有可能寄钱。

外婆突然哭了，刘十三手忙脚乱，替她擦眼泪，说："王莺莺，你不要哭，我长大了去大城市生活，到时候我给你寄钱。"

老陈死了后，再没有新的邮递员，邮筒也开始看不见，人们很少用钢笔写字。无论谁摊开一张信纸，写上三个字，我爱你，都或许是二十一世纪最后一封情书。

刘十三也写过一封，四年级暑假补习，夹在女同学程霜的语文课本中，字不多：我觉得你比罗老师好看，吃话梅吗？

罗老师是班主任，二十多岁的青年女性，程霜的小姨。次日上课，她拧着刘十三的耳朵拖进办公室，和颜悦色地问："你觉得我好看吗？"

刘十三斩钉截铁地说："丑到爆胎。"

办公室哄堂大笑，教数学的于老师凑过来问："那我呢？"

刘十三犹豫了一会儿，说："罗老师可能要打我了，帮帮我。"

于老师说："她打你是必然，现在就看我要不要打你。"

刘十三说："你比她年轻，丑得有限。"

于老师说："去走廊，贴着墙，站到放学。"

刘十三说："你不问问我对校长的看法吗？"

办公室众人纷纷停下手中事，目光像探照灯一样笼罩住他。他吐了口口水，说："这孙子很没劲，暑假补习来这么多人，跟正常上学有什么区别？"

结果他就从教师办公室，被拖进了校长办公室。

校长倒了杯茶，刘十三举起来喝，校长震惊地看着他："这是我给自己倒的。"

刘十三吹开茶叶，尝了一口，咂咂嘴说："苦不拉唧的，有钱人都喝橘子水，那个甜。"

校长敲敲桌子："十三啊，你情书写得不行。"

刘十三鄙夷地瞥他一眼："我把校图书馆的书都看完了，你凭啥质疑我的文学素养。"

校长嘿嘿一笑，给他一本破烂的书，封面烫了好几个洞，四个楷体：人间词话。

刘十三翻了翻，头颅嗡一声响，竖排文言文。

校长说："过几天我考考你。"

刘十三脑子飞速转动，说："一九九七，香港回归。"

校长说："你提这茬干啥？"

刘十三声色俱厉，大声说："香港回归，天下大同，你这个封建余孽还在读繁体字，是想造反吗！"

校长默默放下茶杯，把书放进刘十三怀里，抚摸着他的头发，认真地说："你好好读，用心读，小赤佬，读不懂老子活活弄死你，滚。"

3

刘十三出生在云边镇，是王莺莺的外孙，属于小卖部继承人。班上女同学流行写日记，王莺莺专门批发两箱花花绿绿的日记本，刚开学就卖光了。那些女同学把日记本贴身带着，好像里面真的充满了秘密似的。

刘十三对此不屑，谁有他的本子秘密大。具体来说，不能算是个本子，他用东信电子厂的内部稿纸拼起来的。打开第一页，是妈妈曾经留给他的话，他一笔一画抄得仔细：

别贪玩，努力学习。长大了考清华北大，去大城市工作，找一个爱你的女孩子结婚，幸福生活。

自第二页始，童年刘十三写下自己的计划：

背所有课文，背不出来拼命背。

学会做应用题。

提前阅读初中课本。

期末考试进前十。

一行一行，如同一首永远写不完的诗。完成其中一条，他就打个钩。

四年级期末考结束，光头校长在旗杆下擦擦汗，说："祝大家欢度暑假！"满场学生一哄而散，校长咂咂嘴："册那，我才说完开场白。"

唯一没溜走的是刘十三。他划掉"期末考试进前十"，吹吹笔尖，好像铅笔是枪管似的，接着添加今天的计划：1. 帮外婆送货。2. 完成作业并背诵二十个单词。

写完，刘十三骑上小巧的女式自行车，加速一蹬就往镇外赶去。

穿过水车石桥，到了香樟夹裹的小道，迎风下坡。在他面前，是广阔的天，疏淡的云，流淌的植物海洋。

小小少年感觉壮美，暗道我了个锤子，怎么田里还有个窟窿。

一望无际的稻穗摇摆，像这片土地耀眼的披肩。临道一小块早割的稻田，如同沙发上被烫出的烟洞。

窟窿内战火纷飞，王莺莺支了张桌子正跟三人疯狂搓麻将，战友分别是罗老师、毛婷婷和刘十三的小学同桌牛大田。

刘十三暗忖，外婆午间交代，让他放学了送方便面到农田，当时不理解什么含义，以为外婆改行务农，现在发现，原来是她自己订的货，可谓自食其果。

打麻将为何要到田里，稻子为何只收了一小块，应该是外婆的自由发挥。

刘十三飞驰到麻将桌边停车。

"五筒！"十一岁的牛大田圆滚滚，蹲坐板凳，胖脸严肃，扔牌。

"碰！"王莺莺鹰击长空，爽朗地笑，"十三还是有狗屎运的，你一来我就听张。"

刘十三没有抬眼，从车后座的塑料筐里拿出泡面、热水瓶。他的计划非常完整，外婆叮嘱放学后送货，任务已经完成，只需要放下货拿到钱，随后立刻回家温习。

想到二十个单词躺在书上等着他去背，学习是多么令人快乐，他热情澎湃。

撕调料包，泡面，拿土疙瘩压住盖子，刘十三一气呵成。至于眼前的罗老师、牛大田、毛婷婷什么的，他假装没看到。

试想，倘若他打招呼"罗老师好。婷婷姐好。牛大田你放假怎么不回家？"，势必有人回"十三你今天怎么样？哎哟，又长高啦。我爸我妈在打架我不能妨碍他们"等等，废话接废话，无穷无尽，说着说着年华老去。

刘十三不开口，但毛婷婷这个人就很可气，完全没接收到他散发的信息。她不肯安静吃面，非要打招呼："十三，你吃过了没有？"

刘十三只好说了一句："没有。"

"那坐下来一起吃？"

毛婷婷扯个扎好的稻草把子，扔地上热情地拍，示意他来坐："我分你一半，你喜欢什么口味的？哦，你们只有红烧牛肉，你是不是天天吃？"

刘十三长叹一声，正待细细回答，牛大田也不甘寂寞，捧着泡面，滚圆的身子往他旁边咕噜一拱："哎，看到那棵树上的麻雀窝没有？"

啊？麻雀窝？为什么要聊麻雀窝？

刘十三刚开始崩溃，罗老师接过了话头。

"别浪费时间！毛婷婷，轮到你了，你打哪张想好没有？"

刘十三投去感激的眼神，罗老师微微一笑。她了解这位同学，有次看到刘十三从厕所出来，赤裸上身，满脸通红。

她当时问："你跌进了粪坑？"

刘十三颤抖："我只是忘记带纸。"

她又质问："那你居然用衣服！你手里拿着的不是纸吗！"

　　刘十三大惊，抬头看着她寒声道："我在预习初中课程，这可是元素周期表！"

　　知识之光照彻灵魂，罗老师当场发现自己失去了教师的威信。

　　经过观察，罗老师发现了刘十三更多奇异之处，例如他从不玩拍纸片，对连环画嗤之以鼻，家里坐拥小卖部，却连个变形金刚都没有。

　　罗老师二十年青春，没见过如此自律的生物，从此对该十岁的少年充满敬畏，觉得这孩子的童年算是毁了。

　　当然毁掉的孩子不止一个，此刻跟她一起拼麻将的小胖子牛大田，明明也是四年级，依旧打得一手臭牌，那张五筒丢得毫无灵性，以后绝对不会有什么出息。

　　想到这里，人民教师罗素娟黯然挥手："十三你回去吧，暑假作业够不够？不够我再给你加点。"

　　牛大田没听清，凑近大喊："什么东西？我也要。"

　　罗老师回："作业。"

　　牛大田摇着头赶紧挪开："作你娘，我不要。"

　　刘十三恳切回答："你的作业太简单，我也不要，谢谢老师。"

　　罗老师心态糟糕，吸口气摸张牌，随后就丢："幺鸡。"

　　毛婷婷小声问："不是轮到我吗？"

　　罗老师一拍桌子，暴怒："轮到你就轮到你！我把牌拿回来还不行吗！"

　　王莺莺大叫："幺鸡不能收回去！我胡了胡了！"

牛大田狂吼："玩球！必须收回去！老太婆有三个花！要死人的！"

四人打成一团，刘十三偷偷摸摸一路小跑，奔向女式自行车。挺好的，他们在遥远的田里耍麻将，而他会钻进知识的国度，做个熠熠生辉的王子。

"那我换九条！"

"九条也胡了！给钱给钱！"

刘十三刚走到田埂，背后传来王莺莺的嚣叫："站住！我跟你一起走！"

刘十三猛回头，稻田里已经炸锅，罗老师按住桌板："不能走，赢了别想跑！"牛大田不依不饶，从其他人的泡面汤中捞着什么。毛婷婷则还在思索："怎么会有五张九条呢？没道理的……"

王莺莺一溜烟超过刘十三，跃上拖拉机，黑烟冒起："我到前面路上等你，你快点去抢桌子。"

话音刚落，拖拉机突突而去。

等刘十三顶着桌子狼狈地跳上拖拉机，再将自行车拉入车斗，天色暗成淡蓝，远处群山如黛，透过墨色林道，能看到镇上灯光依次亮起，炊烟熏红了晚霞。

"王莺莺，你干吗要跟我一起回去？"

"天黑看不清牌。"

"瞎说，我现在还看得清课本。"

刘十三努力在拖拉机车斗中保持平衡，用那张小桌子做试卷。

"你不是还没吃饭，莴苣炒肉，吃不吃？"

"你开稳一点！"刘十三手一抖，把一个三角形画成了心。

"我这个技术你放心，你知道的，我以前是三八红旗手。"王莺莺大笑一声，两脚齐踩，拖拉机如同奔跑的野牛。

车斗中的刘十三头晕眼花，恍惚看到星辰从天幕依次登场，他想着可能就是闲书上说的幻觉。幻觉很好，做梦也很好，一切远离现实的都很好。

总有一天，他会忘记泥土的脚感，忘记现在纷飞的草叶。因为他将按照计划好好学习，三年初中，三年高中，然后上北大清华，到妈妈说的大城市去。

他要看看，那个大城市是不是真的美得不像话，比院子里那棵桃树还美，美到去了就再也不想回来。

而现在，暑假开始了。过几天，刘十三会碰到一个女孩，名叫程霜。

童年就像童话，

这是他们在童话里第一次相遇。

那么热的夏天，

少年的后背被女孩的悲伤烫出一个洞，

一直贯穿到心脏。

Chapter

2

喂，打劫

1

　　从莺莺小卖部出发，经过理发店、澡堂、小白楼，再左拐，河沿石板路走一段，电影院旁边就是罗老师租的房子。

　　当初罗老师抵达小镇，学校安排她住教工宿舍。此人比较时髦，说要建造自己的乌托邦。没过几天，选中原先油漆店的铺子，搞咖啡厅失败，搞酒吧失败。

　　她锲而不舍，导致赔个精光，房子租约没到期，索性住在那儿，把吧台当成床头柜。罗老师痛定思痛，回到常规思路，最后搞个补习班，总算苟活了一门副业。

　　无论罗老师如何看待他，童年的刘十三还是想亲近她的。

　　CD 机，名牌运动鞋，让罗老师与众不同。刘十三为了提前适应城市气息，也参加了这厮的补习班。

　　暑假第一天下午，补习的孩子们按时报到，可惜老师不见了。

　　教室里电风扇开着，吱吱嘎嘎，随随便便吹动热风，孩子的皮肤在初夏气息中沁出薄汗。刘十三和牛大田面面相觑，一个无法学习，一个无法玩耍，百无聊赖。

　　"罗老师失踪了？"

"我们要不要报告王莺莺？"

"报告我外婆干什么？人失踪了就要报警。"

"报警没有找你外婆快，镇上不管出啥事，第一个来的总是你外婆。"

"我外婆的责任心太重了，大家怎么不选她做镇长，做镇长能挣好多钱。"

两人交头接耳，不时偷看窗外，怕万一罗素娟突然出现。罗素娟的教学水平不好评价，体罚水平应该能拿金牌的。

两人偷看到不知道第几次，偷看到牛大田都睡着了，罗老师总算经过了窗前。

刘十三心道，回来就回来，为何走得如此荡漾。前天从莺莺小卖部拿了百雀羚，替她带到学校，她还没结账，这次下课一定不能忘记，好让她感受迟到的残酷。

罗老师恬不知耻，进门就给自己鼓掌："同学们，让我们热烈欢迎新同学的到来！"

刘十三循声望去，门口的阳光被柳条切碎，金线勾出小女孩的身影。罗老师的掌声并不停歇："我外甥女，重点小学三好学生，吓死你们。"

小女孩走近，笑吟吟望着一群土鳖同学。

她的笑很清爽，声音也好听："大家好，我叫程霜。"像冰过的西瓜咔嚓碎了，脆凉脆凉，自大家耳边淌过。

刘十三稚嫩的心揪了揪，人生第一次感到慌张，赶紧踢踢牛大田。小胖子擦擦口水醒来，模模糊糊看到台上女生，腾地起立."赵……赵雅芝！"

他越来越激动，不停推搡刘十三："你快看，她像不像赵雅芝！像不像程雅秀！"

刘十三赶紧小声劝慰："像的像的，你不要激动……你怎么哭了？"

牛大田泪花四溅："你说我还念什么书！娶了她我就是乾隆！"

程霜笑嘻嘻地说："谢谢同学们的热情，我来自上海，是罗老师的外甥女，很高兴和大家一起度过这个暑假。"

全场只有牛大田站着，他莫名其妙开始自我介绍："我……我叫牛大田……耕田的牛，耕田的田……"说着说着哭到撕心裂肺，"我也不想名字这么傻……还不是我爹没文化……"

刘十三束手无策，牛大田情绪的复杂已经超出他的见识。

罗老师踢开小胖子，说："程霜你就坐那儿吧。"

刘十三就这样，看着小女孩像梦境一般，马尾辫，眉清目秀，向他走过来。

毫无疑问，刘十三认为，这场面会铭记一生。

二〇〇三年的夏天，他们都是四年级。童年就像童话，这是他们在童话里第一次相遇。

窗外蝉儿鸣叫，屋内扇叶转动，课文朗读声随风去向山林。

2 /

程霜爱吃啥，家里几口人，看什么动画片，玩不玩塑料小兵，这些刘十三和牛大田都想知道。他们以为自己是野比康夫，而程霜是上天派来的温柔静香。

没想到程霜的角色，原来是胖虎。

"打劫！"

程霜站在石桥上，桥下流水淙淙，小女孩扛着一根扫把，再次重申："喂，打劫！"

石桥基本是大家必经之路，补习的同学们被一网打尽。胆小的蹲着抱头，牛大田环顾一圈，鼓起勇气指着小女孩说："你不能这样，你这样是错误的！"

小女孩用扫帚戳他的胸口："那你想怎么样？"

牛大田被戳得连连后退，奋力组织语言："你这样犯法，做人需要一定的礼仪，心地善良才会得到我们的尊敬……"

小女孩继续戳他："我就犯法了，你打算怎么样？"

牛大田张大嘴巴，憋了半天，说："我打算原谅你。"说完，就抱着头蹲下来，和其他的小伙伴一起屈服了。

刚走到桥上的刘十三来不及逃跑，结结巴巴："程……程霜，你干什么？"

程霜拿扫帚画个半圆："你看不出来吗！我在打劫！"

刘十三更结巴了："为……为……为什么？"

为什么一个外地人在山里这么嚣张？为什么本镇小孩都这么配合？刘十三悲愤地俯视桥面，铺满水枪、弹珠、《水浒传》卡片，全是程霜缴获的战利品。

刘十三再看程霜，已经没有半分美貌，满脸写着侵略者三个字。

程霜说："你也别难过，我比你更不好受。小姨拿走了我所有零花钱，我只好犯罪了。"

刘十三含着眼泪："你们城里人都这样吗？"

程霜叹口气："也不全是，我比较厉害一点。你的问题我回答了，给钱。"

刘十三抽抽搭搭掏书包："多少？"

程霜："五块。"

刘十三数了数，掏出五块红薯干，小心地放在程霜手掌上。

刘十三："你慢点吃，我外婆做的，可好吃了。"

程霜怒不可遏，往嘴里塞了一块红薯干，发现咬不动，不死心，攥着拳头用力嚼，马尾辫跟着晃，说话含混不清："我要的是钱！不是红薯干！可恶！完全嚼不动！"

程霜勃然大怒，同学们瑟瑟发抖，刘十三赶紧劝慰："要不你先放他们走，我明天给你弄点钱。"

程霜说："真的吗？"

刘十三想了想，拿出小本子，端端正正写下一行字：明天给程 shuang 钱。

刘十三说："这个本子上记下来的事情，我都会做到。"

程霜狐疑地翻看，边看边啧啧有声。刘十三闭紧双眼，感觉程霜在肆虐他内心的花园。

最后程霜还是信了，眉开眼笑说："那我明天还在这里等你。"

刘十三还小，他不知道反派的信任多么难得，第二天下课，他果断辜负了程霜。

程霜观察他捧着的东西，迟疑地问："这是什么？"

刘十三介绍："这是我外婆煮荞麦糊的铁锅，少说也有五斤重，是值钱的好东西。"

程霜举不起铁锅，只好梆梆敲着："你不是在本子上写了要给我钱吗？难道那不是个神圣的本子吗？"

刘十三严肃地说："当然神圣了，所以那条承诺没有划掉。我认真搞钱了，王莺莺不给，弄来这口锅我已经尽力。如果你不满意，我再想办法。"

3

全镇称得上美的女性，对刘十三来说，原本有两个。

首先罗老师，五官不算标致，幸亏气质优秀，大学生底子在那儿，比起村姑依然强一点。罗老师就像镇上唯一的蛋糕房，洋土结合，已经开创出独特风格。

其次毛婷婷，公认全镇第一美人。她的故事人们私下聊过许多，父亲搞运输，卡车夜间开山路，翻下去没救活。母亲哭了半年，上吊了。她只好辍学，用祖屋开了间理发店，拉扯亲弟弟长大。刘十三迎来这个暑假，她已经三十岁，衣装整洁，眉宇干净，顺滑的头发挂到肩膀，一丝不乱。

至于程霜，大城市来的同龄女孩，差点扰乱刘十三整个美学系统。她喜欢笑，小鼻子一皱一皱，见过的人都想和她一起笑。但她又凶又不讲道理，牛大田迅速放弃和她结婚的念头，准备同她结拜兄弟，一块儿欺负全校同学。

刘十三被欺负得最惨，却想保护凶巴巴的程霜。每当她笑的时候，就让他想起夏天灌木丛里的萤火虫，忽明忽暗，飞不远，也飞不久，日出前会变成一颗颗露珠，死在人们不会注视的叶子上。

因为有一天，他终于知道，程霜和萤火虫一样，现在是亮的，但说不定下一秒，就是暗的。

4 /

这个暑假，小小少年每天都回家想办法。王莺莺看着他满屋转悠，不停叹气，顿时展开了联想。

某天晚饭后，王莺莺下定决心，说："十三，成长发育是男孩子都要经历的事情，这里有五块钱，你去镇上碟店租一盘《青春的岔路口》。"

刘十三犹豫："是武打片吗？"

快六十的王莺莺用围裙擦擦手，惴惴不安地说："算是的。"

一晚上刘十三攥着票子辗转反侧，剧烈挣扎。外婆说的武打片听起来颇为神秘，但好不容易搞到钱，花掉又如何面对程霜。

天亮醒来，他恍惚地往学校去，经过小吃摊时心不在焉，买下萝卜饼辣糊汤小馄饨若干。

摊主说："五块钱。"

刘十三浑身一个激灵，暗道果然天意，将五块钱吃下肚，再也不用两边为难。

宽慰的心情持续到下课，逐渐陷入糟糕。他面临的境遇十分不堪：王莺莺知道他没租碟，程霜知道他没带钱。

磨磨蹭蹭走到石桥，发现程霜蹲坐河边。

刘十三喊："别打人，我进贡！"

程霜翻翻刘十三的书包，掏出来炒蚕豆和一瓶汽水。她打开汽水就喝，听到刘十三邀功："我偷了外婆的酒，灌了满满一瓶！"

程霜一震，汽水又辣又苦，喝下去整条肠道熊熊燃烧。她干呕半天，不信邪。如果酒真的难喝，那为什么大人们边喝边笑，摔到桌子底下还在笑？她决定继续尝试，刘十三既怕她猝死，又怕她喝光，叫嚷："快给我喝一口，外婆说，喝了酒不感冒。"

程霜问："难道你经常喝？"

刘十三得意："那当然，你看你，喝一口脸就红了，我喝了两口，白得跟死人一样。"

程霜眼珠子一转，说："我要向你外婆举报，居然给我喝酒。"

刘十三说："我才不怕她。"

"那我报警，喊警察叔叔枪毙你。"

"枪毙了我，没人给你带东西吃。"

"对哦，你天天换着花样给我带东西，是不是喜欢我！"

刘十三哆嗦起来，没想到程霜年纪轻轻，居然说出"喜欢"这么不要脸的词，断然骂她："神经病才喜欢你！"

程霜喝了酒，小脸红扑扑，眼中倒映山岚："刘十三，打劫不靠谱，再这样下去我们都快产生友谊了。"

刘十三皱眉："那怎么办？"

程霜说："我帮你把数学题做了吧。"

刘十三说："不好，我将来还要用自己的实力考大学。"

程霜说："说得也是，我们不能产生买卖关系。"

思索了一会儿，她翻出刘十三的本子，歪歪扭扭写字。刘十三紧张："你要干什么，别乱写，这本子有法律效力的。"

等程霜写好，刘十三拿回来一看，发现多了一条："送程霜回家。"

程霜握着他的手，说："给你一个机会。"

两只小手暖烘烘，刘十三眼泪都快掉下来了。都说女孩早熟，果然是真的，程霜喝了酒，熟得确实比他快。

一滴水落在手背，刘十三一颤，看到程霜挂着口水，醉成痴呆。

暮风掠过麦浪，远方山巅盖住落日，田边小道听得见蛙鸣。喝醉的小女孩分量不轻，刘十三用力蹬车，骑成了骆驼祥子。

程霜大舌头地问："你为什么骑女式自行车？"

刘十三咬牙："我妈留给我的。"

程霜又问："那你爸妈呢？"

刘十三咬牙："离婚了。"

程霜拍掌大笑："原来你是孤儿！"

刘十三猛拧车把："我不是孤儿！我爸妈活得好好的！"

程霜叹息："太可怜了，等你长大了，去上海找我，有问题，我罩你。"

刘十三悲愤道："我说了我不是孤儿！你再胡说八道，我就要打你了！"

程霜把脸贴在他背上："你不舍得打我，你喜欢我。不过你再喜欢也没有用的，因为我要死了。"

所有植物的枝叶，在风中唰唰地响，它们春生秋死，永不停歇。

程霜接着说："我生了很重的病，会死的那种。我偷偷溜过来找小姨的，小姨说这里空气好。"

程霜还说："我可能明天就死了，我妈哭着说的，我爸抱着她。我躲在门口偷听，自己也哭了。"

程霜声音很低很低地说："所以你不要喜欢我，因为我死了你就会变成寡妇，被人家骂。"

刘十三没有回应，因为背上一阵湿答答。那么热的夏天，少年的后背被女孩的悲伤烫出一个洞，一直贯穿到心脏，无数个季节的风穿越这条通道，有一只萤火虫在风里飞舞，忽明忽暗。

刘十三停车，号啕不止。

程霜也哭着说："你为什么要哭？"

刘十三说："我很怕死！"

程霜哭着说："我也很怕！"

刘十三抽抽搭搭："我一定请你吃顿特别好的！"

程霜擦擦眼泪："你人不错，如果我能活下来，就做你女朋友。"

5

罗老师把厚厚一摞作业本摔在讲台上，说："同学们，昨天作业是写我的梦想，大家的梦想都很离谱，尤其牛大田。牛大田！你自己读一下！"

　　小胖子捡起被罗老师扔在地上的作业本，正气凛然，朗声读："我的梦想是开一家棋牌室，天天都赢罗素娟的钱。"

　　牛大田刚读完一句，就被粉笔擦击中。

　　罗老师说："你还真敢念，老师的名字你能乱喊吗？回去重写，最后一次机会，写不好喊家长。"

　　望着抓耳挠腮的牛大田，刘十三说："我帮你写。"

　　牛大田大喜："真的？"

　　刘十三说："你也帮我一个忙。"

　　午后艳阳照进小卖部，院门半开。小卖部设在侧房，和院墙连成一片。货物拥挤，但摆放整齐，从门口的簸箕蚊香蒲扇，到柜台上的泡泡糖话梅瓜子，各种颜色的香膏洗发水，通通镀上一层金芒。

　　最引人注目的，是墙上挂着的腊肠腊肉，下方一根大羊腿熠熠生辉。

　　王莺莺操持羊肉是一绝。取山羊后腿肉，切块，冲洗干净，下锅和水煮开捞出，一边用冷水冲，一边用棒子敲打五分钟。王莺莺敲羊肉的棒子用了很多年，纹理已经光滑，浮着油脂的光，摸着却又完全是木头的夯实，仿佛肉汁渗透了整根棒子。

　　锅中放油，葱白、姜片、蒜头煸香，冲洗完的羊肉同时也被敲松，加辣椒爆炒。小火，加黄酒生抽老抽。换大火，加水刚刚没过，煮开后才放盐和红糖。再小火焖盖半小时，萝卜切块同煮十五分钟，捞出不用。洋葱切块同煮十五分钟，捞出不用。收汁。

汁浓肉嫩，一碗喷香，膻气全无，只留鲜糯的羊味，包括刘十三在内，全镇人民毫无抵抗能力。

王莺莺坐在货架边听收音机，越剧缠缠绵绵，老花眼镜搁置在藤椅扶手上，和平常一样睡着了。

刘十三蹑手蹑脚，潜向羊腿，摘下来扛到肩膀，走到门口，对着牛大田说："靠你了。"

牛大田说："那作文呢？"

刘十三说："我帮你写。"

牛大田点点头，三下五除二，脱光衣服，只穿一条内裤，面色坚毅。

刘十三拍拍他，说："坚持两个钟头。"

白花花的小胖子弯下腰，偷偷走到挂羊腿的地方，抬手拉住铁钩，一脚微微缩起，冲刘十三挥挥手，用口型示意：你去吧。

抱着必死之心的牛大田闭上眼睛，全神贯注模拟羊腿，不再看刘十三。

暑假快结束了，暑假补习也快结束了。

扛着羊腿的刘十三站在石桥上，独自一人，日头逐渐西沉。他慢慢坐低，腿落下桥沿，清澈的河流那么浅，他小小的影子在鹅卵石上浮动。

他早就习惯等待。在这个小镇等什么，他从来不知道，只是没有等到。

今天在等谁，他自己是知道的。那个小女孩，被她打劫了一个暑假，今天没有来。

再习惯等待，等不来依旧难过。那种难过，书上说叫作失望。直到长大后，他才明白，还有更大的难过，叫作绝望。

6

小卖部里的王莺莺醒了，戴上眼镜，看到光溜溜的牛大田。

王莺莺说："牛大田，你干啥？"

牛大田说："你认出我来了？我不像条羊腿吗？"

暮色缓缓重了，一辆女式自行车飞驰在田边道路上。刘十三踩得很用力，他要骑得快一点，如果快一点，也许能追上点什么。

7

刘十三双手拖着羊腿，像拎着一把青龙偃月刀，走进一间装修过很多次的屋子，迎面一个吧台。罗老师正在吧台稀里呼噜吃泡面，CD连着电脑音箱，放着凄凉的歌曲。

张柏芝悲泣着唱：

心痛得无法呼吸，

找不到你留下的痕迹。

眼睁睁地看着你，

却无能为力，

任你消失在世界的尽头。

…………

罗老师抬头看到刘十三，目光转到那条羊腿，艰难地咽下满口面条，一脸震惊："去你妈的，谁让你送羊腿的，我怎么可能买得起。"

刘十三不说话。

罗老师看看自己的面，说："欠你一箱方便面的钱，下个礼拜再结账好不好？"

刘十三不说话。

罗老师把面一推，沮丧地说："分你两口。"

刘十三说："程霜呢？"

罗老师说："她妈今天来，把她接走了。"

刘十三迟疑一下，说："她生病了吗？"

罗老师望着他，说："你是不是知道点什么？"

刘十三不说话。

罗老师蹲下来，平视刘十三，握住他的胳膊，轻声说："昨晚开始发烧，通知了她妈。她只能待两个月，山山水水的空气干净，说不定有帮助。本来就是听天由命的事情，至少这个暑假很开心，对不对？"

刘十三避开她的眼睛，低头，说："那看样子不会再来了。"

罗老师说："病好了会来的吧。"

刘十三没有抬头，因为眼泪突然掉下来了，小男孩的伤心一颗颗砸在地上。他没擦眼泪，用力拎起羊腿，靠着吧台放下，又递给罗老师一张字条："罗老师，您能替我送给她吗？这是红烧羊肉的做法，我采访外婆的，写得很详细。外婆说，羊肉补气。"

说完刘十三转身就走，因为他眼泪一直流。

罗老师喊住他，也递给他一张字条，说："程霜给你的。"

走出罗老师家，刘十三听到 CD 机换了首歌。他有部随身听，和一堆零花钱买的卡带，所以他能听出来，这是孙燕姿的声音。

孙燕姿没有哽咽，而且歌词那么简单，然而他很伤心。

> 我也知道，
>
> 天空多美妙，
>
> 请你替我瞧一瞧。
>
> 天上的风筝哪儿去了，
>
> 一眨眼不见了。
>
> …………

刘十三打开程霜给他的信纸，几行很短的字。

喂！

我开学了。

要是我能活下去，就做你女朋友。

够义气吧！

8/

小镇的低瓦数灯泡黄黄亮起，裁缝店老板娘端出煤球炉，开始摊荷包蛋，能卖一个是一个。澡堂子排着三四人的队，秦嫂抱着水盆咯咯咯笑。刘十三默默路过，没有乡亲觉得他不对，他也没理会谁。

刘十三跨进院子，桃树挂着的灯亮堂堂，树下坐着双手抱臂的王莺莺，旁边牛大田只穿内裤，垂头丧气。

王莺莺说："站住。"

刘十三拔腿就跑。

王莺莺操起扫帚追赶，高喊："杀了你个小王八蛋！我羊腿呢！"

牛大田大叫："我真的不像羊腿吗？"

刘十三窜出院门，连蹦带跳躲避扫帚，逃得飞快，不忘记回头吼："你打我呀你打我呀！打死算球！"

9

　　小二楼的阳台铺上凉席，坐着就能让目光越过桃树，望见山脉起伏，弯下去的弧线轻托一轮月亮。夜色浸染一片悠悠山野，那里不仅有森林，溪水，虫子鸣唱，飞鸟休憩，还有全镇人祖祖辈辈的坟头。

　　王莺莺盘腿点着卷烟，抽一口，她的外孙下巴架在栏杆，不知道在想些什么。

　　王莺莺年轻的时候，嫁到外地，非常远，据说靠着海。丈夫去世后，她回山里，娘家人留给她这个院子。

　　她的外孙很小的时候，就学会了藏心事，然后藏着心事，坐在阳台发呆。在他长大前，如果不是课本上的问题，只有王莺莺能回答。

　　"外婆，我有爸爸吗？"

　　"外婆，妈妈还会回来吗？"

　　等他十岁，反而不问了，好像人生已经没有什么问题，他也会接受一切就这样下去。

　　这个夏天，月光漫过树梢，清洗整栋小楼，一大一小两个背影坐落夜里。

刘十三说："外婆，你去过外边的，山的那头是什么？"

外婆说："是海。"

刘十三摇摇头，说："这个你说过很多次了，我们省哪儿来的海，你骗骗小时候的我还差不多。"

外婆说："真的是海，走啊走的，就走到海边了。再坐船，能到一个岛上，周围全部都是海。"

刘十三说："外婆你完全没有文化，将来要是我考不上大学，就回来帮你看店。"

外婆掸掸落在碎花衬衣上的烟灰，眯着眼说："说不定我活不到那时候。"

刘十三说："我一定能考上，到时候带你出去看看。"

外婆说："我年轻的时候早就逛过了，年纪大了，还是留在老家吧。"

刘十三说："老家就这么好？"

外婆说："祖祖辈辈葬在这里，才叫故乡。"

刘十三听不懂，也不再问问题，过了很久扭头，看到外婆已经叼着熄灭的烟头，靠着墙壁睡着。王莺莺脸上皱纹深深的，墙壁一片片苍老的斑驳，映着晃动的树影，像一张陈旧的胶片。

刘十三拿出随身听，里面录了几句话。而这几句话，刘十三誊抄在东信电子厂内部稿纸拼起来的本子上，写在他一切计划的扉页，字字工整，笔画清晰，比座右铭还要刻骨铭心。

他点了播放键，早就遥远的声音响起来，只有录下来的这几句，对他来说那么熟悉。

十三，妈妈走了。

你要听外婆的话，别贪玩，努力学习，考清华考北大。

妈妈希望你啊，去大城市工作，找一个爱你的女孩子结婚，能够幸福地生活下去。

越幸福越好。

十三，妈妈对不起你。

梦里小镇落雨，开花，起风，挂霜，

甚至扬起烤红薯的香气，

每个墙角都能听见人们的说笑声。

牡丹仰起脸，雪落在她干净的面颊，

她说："我们分手吧。"

Chapter

3

我在做梦吗

1

这世上大部分抒情，都会被认作无病呻吟。能理解你得了什么病，基本就是知己。

在刘十三的九年制义务教育中，差点和牛大田成了知己。牛大田逃学辍学不学，荒废无度，结果没考上重点高中。刘十三预习补习复习，刻苦顽强，同样没考上重点高中。

计划需要毅力，刘十三比谁都了解。他买了市面上一切模拟试卷，既然没能力解答，那就把所有题目都背出来。

本子上写，"考取重点高中"，他没完成，这里有太多客观原因。但"背诵模拟试卷"这一条，拼命就可以，任何意外都不是借口。

到了半夜，困意袭来，他背一道题目，扇自己一个耳光。

王莺莺早上喊他吃饭时吓了一跳，只见刘十三两颊高鼓，红光透亮，神情恍惚念念有词："精光黯黯青蛇色，文章片片绿龟鳞。"

王莺莺刚走到他一侧，刘十三嘶哑着声音说："别开窗！我还没见到阳光，天就不算亮。天不亮，我一定能背完。"

漫长的学习生涯，支撑他走下来需要计划和毅力。在连绵不绝的失败面前，刘十三还能拥有这些宝贵品质，基于一个简单的信念："我没毕业，我下次能考好。"正如赌徒没离开牌桌，因为手里还握着筹码，那么刘十三手里也握着时间。

赌徒的终点是破产，刘十三的终点是高考。

高考分数下来，刘十三收获了他人生最重要的道理：原来世界上很多事情，不是你有计划、有毅力就能做到的。

在去高校报到的大巴上，刘十三翻开泛黄的笔记本。其实从初中开始，本子上的计划就逐渐艰难，代表完成的钩钩慢慢不再出现。

扉页写着至关重要的一条，考取清华北大。而这辆大巴，正开向京口科技大学。刘十三合上笔记本，打开了真实的人生。

2 /

高中毕业后的暑假，刘十三留在山间的最后两个月，王莺莺并不十分重视。她沉迷修仙，每天清晨猪草也不割，坐在院里练习打坐。她告诉刘十三，意守丹田，舌抵上腭，获得的人生体验连清华北大都教不会你。

刘十三走前，王莺莺满面红光，每七天辟谷一次，宣称身体将百病全消，无须外孙养老。

那天刘十三起床很早，八月底的山林清晨像一颗微凉的薄荷糖。青砖沿巷铺到镇尾，小道顺着陡坡上山，院子里就能望见峰顶一株乔木。刘十三爬过许多次，他的娱乐项目基本集中在这条山道。除开焖山芋、钓虾、烤知了之类粗俗的，还能溪边柳枝折截，两头一扭，抽掉白白的木芯，柳条皮筒刮山吹嘴，捏扁，做一支柳笛。

本来外婆说开拖拉机送他到长途汽车站，但给了刘十三生活费，剩下钱替他买了个行李箱，没资金买柴油了。她试图让外孙退一点生活费，节俭的刘十三思索之后，决定让牛大田开摩托送他。

刘十三在外婆门前站了一会儿，望着门板上用小刀刻的一行字：王莺莺小气鬼。

外婆不识字，曾经问他刻的什么。他说，王莺莺要活一万年。外婆不屑地敲他头，说，活到你娶老婆就差不多了。

刘十三摸过字迹，转身离开，离开老砖旧瓦，绿树白墙，和缓缓流淌一个小镇的少年时光。

刚跨出院门的第一步，刘十三鼻子一酸，心想，王莺莺要活一万年。

王莺莺的枕头下，一毛不拔的外孙昨夜偷偷放了五百块。

彻夜未眠的王莺莺翻了个身，她知道外孙站在门口。接着她听到很细的脚步声，和行李箱轮子咕噜咕噜滚动的声音，院门被轻轻带上，只剩早起的鸟偶尔一两下鸣叫。

王莺莺推开门，坐到桃树下，不再修炼。老太太抽着卷烟，看淡青色的天光逐渐明亮，发了很久的呆，擦擦眼泪，开始做一个人的午饭。

刘十三的行李箱夹袋，没钱买柴油的外婆昨夜偷偷放了五百块。

这场告别像个梦境。身为大学生之后的刘十三，趴在桌上睡了很多节课，梦里小镇落雨，开花，起风，挂霜，甚至扬起烤红薯的香气，每个墙角都能听见人们的说笑声。刘十三看见外婆正在炒菜，院内人影绰绰，大家一起祝贺他："恭喜刘十三金榜题名，高考状元，旷古绝今，天下无双。"

刘十三激动地喊："原来我是他妈的高才生！"

整个教室鸦雀无声，参加英语四级考试的同学们目瞪口呆，注视着突然起身的刘十三，共同停止答题半分钟。

监考老师问："你在干什么？"

刘十三揉揉眼睛，迟疑地回答："我在做梦吗？"

3 /

刘十三望着自己的室友智哥，心乱如麻。

刘十三跟他长谈过，让他不要凌晨五点梳头发喷啫喱，也不要每逢下雨就出去散步，更不要向辅导员告白，试图用爱情来逃避重修，因为辅导员是个男的。

谈着谈着，智哥举起一双丝袜，刘十三大惊失色，问他哪里来的。智哥说，偷舍管阿姨的。刘十三差点脑溢血，智哥喜滋滋地告诉他，将丝袜裹住肥皂头，攒很多肥皂头就能凑成一整块。

刘十三懂了，小学同学最多愚蠢，大学同学很有可能猥琐。

二〇一三年冬至，刘十三已经大三，窗外雪花纷飞。智哥含情脉脉弹吉他，看起来很文艺，但他桌上摆着洗脚盆，盆里泡着四袋方便面，热气蒸腾，让饥饿的刘十三不知是喜是非。当智哥从洗脚盆捞出第一根面条的时候，彻底点着刘十三的痛点，他忍无可忍地炸了。

　　刘十三问："你不是说丝袜用来攒肥皂的吗，为什么穿在腿上？"

　　智哥说："因为我娘。"

　　刘十三沉默半晌，说："你他妈的。"

　　智哥说："你是不是歧视我？"

　　刘十三说："我并不歧视你，我只是没法接受你。"

　　智哥说："我把你当兄弟，你把我当什么？你好恶心。"

　　刘十三一愣，说："难道你不是？"

　　智哥一下紧张了，说："难道你是？"

　　两人打哑谜一般来回数次，刘十三放弃了这个话题，安慰自己：其实个人习惯这种事，要么我同化他，要么他污染我，如今他吃外卖不再洗一次性筷子，证明已经取得了微弱的优势。

　　曾经班级组织活动，为自己的室友写评语。刘十三原本写的是："矫情，古怪，要不是相处久了有点感情，我早就搬了。"

　　不小心窥视到智哥给他的点评，写的是："英俊，聪慧，繁华人世间一道靓丽的风景线。"

　　刘十三良心受到重击，夜不能寐，等智哥抱着吉他睡着，偷偷爬起来重新给他写下评语："细腻，温柔，恍如江南走来的白衣少年。"

在刘十三的世界里，也只有智哥知道他的秘密。

二〇一三年冬至，与牡丹相见的最后一天，刘十三从抽屉里拿了点钱，走进满天飞雪，去送别自己的青春。

4 /

校园生活区的边门，连接美食街。其实没有街道，马路两侧摆满小吃摊，全部由平民制造。大一那年，临近寒假，全校女生都缩在蓝色塑料棚吃麻辣烫，他一眼望见牡丹。

当日亦冬至，人群喧嚣中，牡丹仰着干净的脸，对着筷子上的粉条吹气。

刘十三耳边出现熟悉的声音，那部陈旧的随身听似乎又响起来：找一个爱你的女孩子结婚，能够幸福地生活下去。

冰凉的空气涌动，塑料棚透映着暗黄的灯光，蓝天百货门外的音箱在放张国荣的歌。

没什么可给你

但求凭这阕歌

谢谢你风雨里都不退

愿陪着我

暂别今天的你

但求凭我爱火

活在你心内

分开也像同席过⋯

接下来的刘十二，陷入爱情的庞大迷信。

爱情必须给予。和普通的年轻人一样，刘十三没什么拿得出手的东西，只有尚未到来的未来。和牡丹吃饭的时候，他无数次描绘过心目中的生活：早上下楼，掀开一笼热气腾腾的红糖馒头。如果牡丹不喜欢的话，他可以换成豆浆油条，白粥就着咸鸭蛋。她一定没吃过梅花糕、鱼皮馄饨、松花饼、羊角酥、肉灌蛋⋯⋯

牡丹说："你到底知道多少种小吃？"

刘十三放下筷子，默默思索，在脑海中的小镇逛一遍，认真地说："五十九种。"

牡丹敲敲他的盘子，里头堆着几根肉串。

刘十三看到她细长的手指间，光芒一闪而过，多了枚亮晶晶的银戒。牡丹觉察那缕目光，笑了笑说："我爸送的，生日礼物。"

对啊，今天是牡丹的生日，所以他们坐在这里撸串庆祝。过半小时，智哥和牡丹的室友都会来，大家一起去 KTV 唱歌，点一份洋酒套餐，店里送果盘。

烤串的王老太弓着腰，丢下一把鸡胗，冷脸说："快点吃，我要收摊，下雪了。"

刘十三说："你不能学人家也搭个棚子吗？"

王老太说："没钱。"

刘十三说："你生意挺好的，怎么会没钱。"

王老太说："你懂个屁，钱要省着。"

刘十三咬了口鸡胗，愤怒地说："这生的吧，再烤烤行不行？"

王老太整理铁扦，说："不行，下雪了，滚犊子。"

一片雪花落在牡丹发梢，刘十三伸手想拭去，被牡丹握住，她说："去年的生日礼物，是碰到你。"

她说："今年的生日礼物，是我转校希望很大，明年去南京。"

一直是她说，因为刘十三不记得自己说了些什么。

牡丹仰起脸，雪落在她干净的面颊，她说："我们分手吧。"

王老太推起板车离开，留下两张板凳给他们坐着，可能急着回家忘记收拾。

雪越下越大，两人身上满是白色。

那天他们依然去了 KTV，集体喝醉，双方绝口不提分手。若即若离的关系贯彻接下来的一年，到二〇一三的冬至，牡丹办完手续，要完完全全离开小城。

为什么要选这一天？

也许这一年的生日礼物，她希望收到的是离别。

直到失去爱情，刘十三也没发现，他一直描绘的未来，其实是过去。

他根本不知道这个时代的人会去向哪儿，包括他自己。他不是科幻作家，无法描绘汽车飞行的迷离都市；他不是生物学家，无法描绘人体器官可以替换的医疗环境；他不是经济学家，无法描绘投资风口急速更替的资本市场。

他一无所知，无法描绘所有人创造的未来世界里，如何创造
个家。

他孜孜不倦地承诺和分享，只是把扎根他每个细胞的小镇生
涯，换了种日历，成为他反复的描绘。

5

火车站广场飘着简餐的味道，人们杂乱而汹涌，顺流逆流，
补丁和名牌擦身而过。和预料一致，他一眼望见牡丹。

牡丹显然没有他那么好的眼力，此刻她探着脑袋，仔细看滚
动列车讯息的电子屏。

刘十三温柔地想，她踮起脚，和溪水边独自走动的鹅一样
天真。

智哥写过一首歌，也许是抄袭的句子，他站在阳台上弹吉
他，对着熄灯的女生宿舍高声唱：

> 我亲爱的人啊，不管到哪里，能否带我一起去？
> 我知道你要去哪里，我也知道，你不会带我去。

他记得有天天蒙蒙亮，牡丹凌晨回校，他站在校门口的车站
等。牡丹轻盈地跳下车，欢快地向他走来。

当时他心里想的，也是这两句，觉得浪漫又凄凉。

火车站这么热闹，刘十三来不及感受凄凉。他满头大汗，形迹狼狈，还渴得要死，决定先去小卖部买水，喝一口全身通透，气息宜人地去见她。

人算不如天算，小卖部收银机故障，柜台后的小老头慢吞吞在草稿纸上算账，一分一秒过去，队伍纹丝不动。

他脚边放着背包，里头有外婆邮递的小吃，从猪肉香肠到红薯干一应俱全。想象中把这些交给牡丹，就如同把往昔描绘的未来，交给了她。

他看看手中的水，快速权衡利弊。如果不买水直接走，之前排队的十分钟就是白费；如果继续排队，可能来不及送别。

牡丹和一瓶水孰轻孰重，他心里当然清楚。他更明白，之所以还在排队，其实是害怕提前过去面对。

"到你了。"

身后一个女孩捅捅他。

他回过神，老头瞟一眼他手中的矿泉水："一瓶三块五，两瓶九块。"

岂有此理，刘十三放弃争辩，掏出十块。

老头又喊："等等！"

刘十三顿住。

老头说："我要验算。"

验算你娘舅，收账又不是搞科研，刘十三丢下钱，抄起背包狂奔出去。他权衡清楚了，这一面是必须见的。

6 /

牡丹的车马上到站。

广播毫无情绪波动地叙述一个事实：去往南京的旅客请注意，列车即将到站，停留两分钟。

刘十三颤颤巍巍，站到牡丹面前。

牡丹好像叹了口气："你来了。让你不要送的。"刘十三能进入站台，因为他买了这列车的票，但牡丹丝毫没有意识到。

刘十三递上背包："过敏药，怕你车上犯鼻炎。"

牡丹看着背包，似乎在问，这包起码十斤吧，你给我十斤过敏药有什么企图。

刘十三说："我托人快递来的，以前老和你说，也没法请你吃。红薯干、梅花糕、鱼皮馄饨、松花饼、羊角酥、肉灌蛋……不好保存的我真空包装的，十天半月坏不了。"

牡丹说："我不要吃。"

刘十三说："吃一点。"

牡丹说："你让我怎么拿？"

刘十三一愣，看到她身边两个大大的行李箱。

他悲惨地想，去个南京而已，何必收拾全部家当，难道说一去不回，对了，牡丹原本就是一去不回。

　　刘十三缩回手，抱着背包："那你到南京安顿下来了，发我地址，我给你寄过去。"

　　牡丹说："再说吧。"

　　刘十三还不甘心："那个，话费我给你充好了，充了三百，你不要担心流量，尽管跟我视频……"

　　"我到南京，肯定是要换新号码的。"

　　"微信号又不用换。"

　　"捆绑的，换掉比较方便。"

　　牡丹犹豫了下，看看刘十三，刘十三冲她笑，眼泪在眼眶打转。

　　牡丹说："其实手机卡……已经有朋友帮我买好了，号码我写给你。"

　　刘十三连忙点头，牡丹拿出随身纸笔写下一串数字，塞进刘十三怀中的背包。

　　"那，我走了。"

　　牡丹要结束这段对话。

　　刘十三强行狗尾续貂："如果我去南京找你的话，你欢不欢迎啊？"

　　列车缓缓驶来，气浪震动，将他的话淹没到听不见。

　　牡丹把行李箱推进车厢，刘十三想帮她拎箱子，牡丹回头摆了摆手。

　　牡丹说："再见。"

　　这两个字，果然只有她能说得出口。

刘十三在车外跟随车内牡丹的脚步，看她经过一扇车窗玻璃，准备放行李。

列车不是停靠两分钟吗，为什么她告别只花了一分钟呢。

绝对不能这样结束，还没有结束，怎么能这样结束，他急促呼吸，呼吸着彼此想过的未来。

看海，等流星，放烟火，建一座木头房子。山顶松树下野餐，风铃响动，用分期付款的车放音乐，烧烤架上生蚝滋滋冒水。

漫长的人生画面在刘十三眼前飞奔，似乎要在这几秒钟的时间全部流逝掉，而车也有开动的迹象。

刘十三拍着车窗玻璃，有句话一年前的冬至就想问。

那句话冲出他的喉咙："如果我考上那边研究生，是不是还能在一起？"

牡丹听不见。过去一年，刘十三经常去通宵教室自习。笔记本上一行字：考研，去她的城市。

车窗玻璃凝着一层薄薄霜华，牡丹转过头，正面对刘十三，他终于看见牡丹眼中的泪水。

牡丹轻轻在车窗哈了口气，用手指写下两个字。

"别哭。"

刘十三泪流满面。为什么做不到。为什么离笔记本上的每行字越来越远。为什么不快乐。为什么冬至下这场雪。为什么重要的人会离开。

火车启动，刘十三追了上去。

这不是外婆的拖拉机，他快冲两步就能翻身上去。这不是童年的风，他踩着女式自行车就能追到翻飞的叶子。但这是他竭尽全力的速度，在云边镇，他可以赶上澡堂最后一锅热水，全镇最早一笼蒸饺，只要他整夜读书，还可以赶上山间最先亮起的一朵云。

二十一岁的刘十三抱着背包，号啕大哭，追逐呼啸而去的火车。

他只跑了七八步，火车已经飞驰出站。

他的胸腔四分五裂，流淌出滚烫的岩浆，爱情落在地面冻结，时间踩碎，雪花轻柔地掩盖。

他跑出第九步，身后响起一声大喊："警察叔叔，就是他！"

哀痛到极点的刘十三跑出第十步，被两道黑影扑倒。

背包跟着被扑出去，一张字条猛地扬起，带着一串号码上下舞动，飞往铁轨。

他不顾袭击者，拼命爬起来追。

大喊的人又叫了："他想拒捕！警察叔叔，快抓住他！"

刘十三随字条一跃而下，跌入铁轨。

那人反应迅速，跟着叫："他想卧轨！警察叔叔，快救救他！"

被拖上来的刘十三悲愤欲绝，四仰八叉躺在地上，向那一惊一乍的声音看去。

那是一个女孩，逆光下轮廓模糊不清。刘十三只能看到她扎着马尾辫，神气十足。

扑倒他的人说:"我们是铁路巡警,现在怀疑你跟一起盗窃案有关,跟我们走一趟吧。"

7 /

到了派出所,刘十三总算明白了事情经过。原来那个女生在小卖部买东西,刘十三抄起她的包就跑。女生跟着他狂奔,盯着他走进站台,立刻召唤警察。

真是可笑,刘十三紧紧抱着自己的包。

女生表情严肃:"你拿了。"

刘十三嗤笑摇头:"绝对不是我拿的。"

不过话说回来,他离开小卖部的时候确实比较匆忙,刘十三狐疑地举起包,结结巴巴地说:"好像有点不对……颜色对的……牌子不对啊……"他往桌上一倒东西,意想中的红薯干、香肠、梅花糕、鱼皮馄饨、松花饼、羊角酥、肉灌蛋……一样没有,只是几件女生衣服、洗漱用品和一堆药瓶。

女生激动万分:"我说的吧!就是他偷的,还不承认!"

刘十三惊恐万分,事到如今,再跟他们说自己拿错了,会不会有点晚?

幸好民警见多识广,看样子这小伙子可能真拿错了,只是失主气焰十分嚣张,逼着他们进行完整的审讯。

民警一拍桌子："录个口供吧！姓名，年龄，联系方式。"

刘十三老实说："我叫刘十三，京口科技学院大三。"

女孩明显愣了一下，拦住要继续发问的民警，问："你叫什么？"

"刘十三。"

"文刀刘，动不动就哭的十三吗？"

"你是不是有病？"

"有的。"

女孩盯得刘十三发毛，他决定生点气来壮壮胆，于是气鼓鼓地说："我没有偷你的东西，你不要吓唬我。"

女孩的怒火奇迹般消失了，居然客套地问："我知道我知道，哎，你刚刚为什么又哭啊？"

刘十三说："怎么就又了！这个也要录到口供里吗？"

民警说："不用，不过我也想知道你为什么哭啊。"

刘十三只好含泪解释："我去车站送女朋友，她可能不回来了。"

女孩若有所思："那不就是变成前女友了。"

审讯到这里，刘十三万念俱灰，伸出双手："算了，我也不想录什么口供，也不想说话，警察同志，你们把我抓起来吧。来，抓我抓我。"

民警和女孩都大吃一惊。

女孩跳起来："天啦，我只是冤枉你一下，你怎么就自我放弃了？"

刘十三不管不顾："就是我偷的，我是小偷，没良心，道德败坏。"

在场的民警们面面相觑，也算开了眼界。

这下换成女孩急了，麻利地收拾，她的衣服、她的充电器、她的药瓶、民警的签字笔，通通装进她的包。接着想了一下，把民警的签字笔还了回去。

背起包的女孩一脸诚恳："警察叔叔，太打扰你们了，现在这个事情解决了，一个误会，你们不要惩罚他，也不用送我们，我们自己走，谢谢。"

说完女孩一鞠躬，民警眨眨眼，靠到椅背上："什么情况？喊打喊杀的不是你吗？"

女孩钩住刘十三脖子："我认出他了，他是我的男朋友。"

刘十三扑通摔到桌子底下。

民警震撼地坐直了："我记得他说他刚刚分手。"

女孩爽朗地笑："他太花心了，回去我会进行残酷的教育。"

刘十三从桌子底下挣扎着爬上来："你别含血喷人！我不认识你！"

女孩再次钩住他脖子，热情地说："十三，我是程霜啊。"

8

四年级暑假的午后，闷热空气陡然清凉，小女孩走出树影，马尾辫一晃一晃,坐到他身边,微笑着说:"我叫程霜。"

小石桥上小女孩扛着扫把,横刀立马,大喝一声:"抢劫!"

麦穗托着夕阳,晚风卷着一串一串细碎的光,叶子片片转身,翻起了黄昏。自行车后座的小女孩把脸贴在他后背,曾有眼泪烫伤他肌肤,小女孩轻声问:"你会每天送我回家吗?"

那是他童年的玩伴,消失于人间的程霜。

而现在钩住他脖子的女生,高高个子细细身段,眉开眼笑,说她就是程霜。

二〇一三年冬至,刘十三数不清第几回哭了,抽泣着说:"我在做梦吗……程霜……你他妈的不是死了吗……"

时隔十年,刘十三和程霜再次相遇。

冬日的阳光并不温暖，平稳又均匀，

但阳光里程霜的笑脸那么热烈，

她说："我就不死，怎么样，很了不起吧？"

Chapter

4

不死的少女

1 /

　　刘十三和智哥面对面坐在地上，中间搁了个电磁炉，翻腾着叫来的火锅外卖。智哥拿筷子搅拌搅拌，说："失恋了，你现在是不是很难过？"

　　刘十三点点头："脑海一片空白。"

　　智哥说："那不如借酒浇愁吧。"

　　话音未落，门砰一声打开，两箱啤酒叠在一起，凭空移动，左摇右晃撞进宿舍。

　　智哥噌地站起来："我是不是眼花！"

　　刘十三看到啤酒箱下打战的一双细腿，沉声道："不是的，我怀疑有个朋友来了。"

　　也不知道程霜哪儿来的力气，两箱二十四瓶青岛纯生，硬是抱到目的地。智哥眼明手快，冲上去卸下一箱，露出程霜的笑脸。

　　程霜擦擦汗，说："我只知道几号楼，差点没找到。幸好闻到火锅味，跟着味儿还真走对了！"她拍拍刘十三肩膀，说："看到我是不是很高兴啊，哈哈哈哈哈哈……"

　　刘十三点头说："是啊是啊，哈哈哈哈哈哈……"

　　刚笑出声，刘十三又警觉地调整表情。为了借酒消愁，此刻愁的心态必须稳住。说来真的奇怪，人在很悲伤的时候，怎么就那么容易笑，搞得悲伤之外，还多了内疚。

　　放下啤酒，程霜白净的小脸红扑扑，眼睛亮晶晶，智哥难以自持，兴奋到了破音："同学，你叫什么名字！"

　　程霜起开瓶啤酒，咕嘟嘟边喝边说："我叫程霜。"

　　智哥抄起吉他："我叫智哥，刘十三的兄弟。初次见面，送首歌欢迎你，歌名，《月亮代表我的心》。"

　　没想到程霜连连摇手："别别别，我是九〇后，能不能换成周杰伦的《半岛铁盒》？"

　　智哥眨了眨眼，艰难地说："那首我还没练，等我翻翻谱。"

　　程霜一挥手，说："练个毛线，喝多了，什么都会唱。"

　　刘十三还没做出反应，两个人已经坐下来连吃带喝，啤酒噼里啪啦开了好几瓶。

　　宾客尽欢，只剩刘十三还没有进入状况。

　　刘十三把自己这种状态称为矫情。生活中常常会出现不合时宜的矫情，比如小时候大家春游，你头痛，但你不说，嘟着嘴，别人笑得越开心，你越委屈。

　　事实上没人得罪你，也没人打算欺负你，单纯只是没有关注你而已。

　　委屈到达一个临界点，当事人哇地哭出来，身边人莫名其妙，明明一块儿踏青野炊点篝火，大自然如此美好哭什么，难道触景生情，哭的是一岁一枯荣？

　　刘十三不想矫情，他硬着头皮想吃火锅吹牛皮，可心里的委屈拱啊拱的呼之欲出。智哥激动地说："来，献给大家一首新歌，这首歌的名字叫作《爱情》！"

说完，他自弹自唱：

> 轻轻地，我将糟蹋你，请将眼角的泪拭去。
>
> 你问我，何时爱上你，不是在此时，不知在何时，
>
> 我想大约会关你屁事。

终于智哥发现他的不对劲："十三，你哭什么？"

火锅的雾气蒸腾中，似乎浮现起车窗上牡丹用手写的两个字，他看不清牡丹的面容，也追不上呼啸的火车。

程霜摸摸他的头："别哭。"

刘十三说："我没哭。"

说完这句，他眼泪彻底决堤。

他曾经教导智哥，男人不能娇气，可他的眼泪比任何男人都要多。智哥问过他，刘十三，你哭来哭去不惭愧吗？

刘十三告诉他，别人哭，是因为承受不了某些东西。他哭，是能承受一切痛苦，但总要哭哭助兴。

此刻他在两个朋友面前哭得稀里哗啦，程霜往嘴里塞油面筋："唉，跟了他一路，就怕他做傻事，哭出来就好。"

智哥沉默了下说："十三，你不要难过，我很快要去南京参加比赛，你要是想她……我就帮你多看看她。"

程霜说："那有什么用？"

一句话戳进刘十三的心窝，他说："是啊，有什么用，做什么都没用了。"

程霜啪地一拍筷子，说："怎么就没用了？做什么都没用，我早就死了。刘十三，你还活着，怎么说没用。你要是舍不得，去找她。"

刘十三和智哥都被程霜的气势吓到，智哥说："牡丹去南京了吧。"

程霜拿着手机说："南京哪里？"

刘十三报了牡丹学校地址，程霜在手机上戳了几下，将屏幕转向刘十三，她口齿清晰地说："从京口科技学院，到江南师范大学，距离一百六十公里。"

刘十三泪眼模糊地看屏幕，她说得没错。

程霜说："来去不过一晚上，走，我们去见她。"

智哥兴奋地砸吉他："去南京，去南京。"

刘十三目光呆滞地看着他们，发现两箱酒居然已经喝完。不管什么时候喝完的，他们此刻肯定都喝大了。

刘十三苦笑："别闹了，现在哪儿还有火车。"

程霜猛地站起来，居高临下："我俯视你！"

一边说，一边把脚踩在刘十三肩膀上。

智哥说："我也俯视你！"

一边说，一边把脚踩在刘十三另一个肩膀上。

刘十三肩扛两脚，像倒扣的香炉，缓缓地说："真的没有火车了。"

程霜和智哥齐声喊："打车！"

被两只脚踩着的刘十三心想，怪不得人们说青春是轰轰烈烈的。

轰轰烈烈这四个字，一听就知道是团伙作案。

2

如果他孤独一人，今晚应该躺在床上，通宵默默淌泪，睡到腰肌劳损。现在风那么大，路那么长，三人结伴出发，奔向黎明，这辈子必须诞生传奇。

高速公路在冬夜无限拉伸，探照灯射穿雪花。两个醉酒的人上车就睡，只剩刘十三头靠着车窗，呼吸在玻璃上忽明忽暗，慢慢恍惚。黑暗像一场梦，他随时随地会做的梦，梦里奔行在隧道，不知道是山林长成，还是水泥搭建，但同样幽深。他能不停向前，因为有人吹着柳笛引路，似乎走到头就是一扇木门，推开后灶台煮着红烧鱼。灶台比他还高，那人放下柳笛，给他喂一口鱼汤，鲜掉眉毛。

飞雪夹杂冰碴，越来越薄，开进南京城的时候，变成淅沥沥的小雨。出租车停在江南师范大学门口，已经清晨七点，丑的女孩还在睡觉，一部分美女刚刚准备卸妆，一部分美女已经开始化妆。

智哥感叹："原来美女倒垃圾也会穿高跟鞋，真是红粉骷髅，我愿意粉身碎骨。"

程霜安慰刘十三："我们也不算白来，一会儿见不到你的前女友，我们就帮你找个现女友。"

智哥发现他们三人的外套皱巴巴的，溅满泥点，沉吟着说："要不我们换套衣服再来。"

程霜断然否决："换什么换，都是二十左右的年轻人，让她们看看贫穷的风采。"

3 /

站到女生宿舍楼下，刘十三羞涩地说："别这么高调，你们在旁边等我。"

出租车上刘十三默默揣酌，见到牡丹不知是喜是忧，但两个朋友在场，很有可能言不由衷。这种情况，独自面对比较好，让真情静静流淌。

谁知朋友们根本没听他发言，程霜担忧地说："也不知道要等多久，我想去买些包子，又怕走开会错过时机。"

智哥安慰她："没关系的，你尽管去，帮我带两个，我盯着。"

程霜说："包子有点干，再买点南瓜粥。"

刘十三大怒："买三斤茶叶蛋噎死算了！你们这么娱乐，难道是来看戏的？"

智哥大悟："茶叶蛋不错啊，我们一起去。"两人眉开眼笑往食堂走，刘十三张张嘴巴，周围女生的喧哗声涌过来，他顿时感觉到了客场危机。

刘十三摇摇头，又不是来打架，为什么汗毛都竖了起来？

旁边一名女生经过，斜着眼睛："他丁吗！"

第二名女生说："谁的男朋友来送早饭的吧？"

第三名女生说："更像备胎。"

下楼的女生越来越多，目光直接扫射慌张的刘十三。小雨渐大，泥水横流，女生们欣喜不已："这么大雨，你们说他会不会走？"

"走了我看不起他！"

刘十三准备躲雨，听到这话也只好收回脚步，原地不动。

"不走的话肯定脑子坏了。"

刘十三听完，身子一晃，女性观众又有人暴喝："就知道他坚持不住！"于是刘十三走走停停，左右为难，全方位淋了个湿透。

正在舆论中彷徨，程霜、智哥打伞跑来，刘十三大喜，要去投奔他俩，接着目光穿过拎着包子的程霜、护住头发的智哥，穿过人群，直接看到一朵天蓝色的牡丹，嫩黄围巾，明亮如同盛开时抱到的一缕朝阳。

她白皙的脸冻到透明，没有擦发丝滴下的雨水，因为她的手正被握在另一双手中。握住牡丹手的人个子挺高，一米八，小平头，长得像隔离带的安全桩。

小平头对牡丹说："快进去，我下班接你。"

牡丹说："嗯，回去开车小心。"

刘十三第一次听到这么甜的声音，而且是从牡丹嘴里传出来，甜到发躺。他熟悉的牡丹不是这样说话的，牡丹会说，"好。"

那么多次，她不惊不喜地，平平淡淡地，说，我走了。

她不会提问，懒得回答，她对刘十三用得最多的语气词是，哦。

但应该毫无波动的牡丹，仰着脸，雨水打湿她笑眯的睫毛，软软地说："嗯，我这不是跟你来南京了吗，我还能去哪儿。"

日你妈又一个"嗯"！跟他说"哦"不行吗！你什么时候下载了新的表情包！

刘十三艰难地走向回忆，寸步难行。包子双人组觉察刘十三的脸色，再顺着他目光望去，顿时明白了一切。

智哥喃喃自语："这个情况，一目了然但不知道怎么下手。"

程霜把伞和包子塞给智哥，直奔那一对离别的男女，被刘十三抓住手腕。刘十三勉强冲她笑笑："我自己解决。"

程霜果断转身，智哥看她连扭两个方向如此干脆，困惑地问："你转啊转的，转呼啦圈吗？"

刘十三离牡丹越来越近，程霜说："不能插手，换成是你，发现被戴了绿帽子，你会不会请大家一起戴？"

智哥陷入认真的思索，程霜说："我们等等吧，男人的事情，男人自己解决。"

牡丹的笑容消失了，跟刘十三一样面无表情。

小平头夹在当中，脸色相当精彩。围观群众可以看到，他在数秒之间完成了疑惑，很疑惑，非常疑惑的情绪表达，像在解一道立体几何题。

牡丹问："你怎么来了？"

刘十三问："他是谁？"

小平头也问："你是谁？"

两个问题无人应答，却把紧张的气氛层层推向高潮。

屋檐下女生低呼："开始了开始了。"在场所有人仿佛等待歌剧开场，保持了客套的安静，但按捺不住期待的神色。

就在对峙三人沉默的间歇，女生宿舍五层楼窗户全开，顶着各种发型的脑袋探出，又缩回去，然后打个伞继续观看。

小平头首先沉不住气："他谁？"

牡丹说："我以前同学，找我有点事，你先走，上班别迟到。"

小平头是有智商的，他不可能走，开始回答刘十三："我是牡丹男朋友，你找她干吗？"

二楼顶着毛巾的女生喊："音量大一点！"

小平头估计听到了，真的大声重复一遍："我是她男朋友！你找她干吗？"

这个体贴的举动降低了观看门槛，博得观众的好感，有人说："看来那个 172 公分是想挖墙脚，被 180 公分撞到了。"

旁边有人提问："为什么挖墙脚的 172 公分好像很难过？"

立刻有人解答："注意观察墙脚，显然不喜欢被他挖，这么失败当然难过。"

刘十三没有搭理小平头，盯着牡丹："为什么不告诉我？"牡丹没说话，他低下头："你早点告诉我，我也不会缠着你。"

小平头怒槽满了，虽然他增加音量，面前两人却没跟他交流，他只好动用肢体语言，揪起刘十三的衣领。

四周一片高兴的欢呼。

小平头说："你什么意思？"

牡丹也低下头，眼泪流到鼻尖。刘十三的心越来越痛，不再逼问，努力缓和地对小平头解释："我不知道你们在一起多久了，但就在昨天，我还是她的男朋友，两年的男朋友。"

他冲牡丹笑笑："没关系的，我过来就是跟你说句再见，昨天火车开得太快，我没来得及。"

刘十三觉得这几句话基本得体，交代关系，解释剧情，甚至非常礼貌。围观群众纷纷面露不屑，对刘十三的角色设定感到失望，还好小平头能推动剧情，他大笑一声："你开玩笑吧，你算哪门子男朋友，她大一我就认识，每晚都跟我睡在一起，你算个什么东西？"

小平头用手指戳刘十三胸口，一戳一顿："你，算，个，什，么，东，西。"

刘十三一阵恍惚，想起这两年的许多清晨。

许多清晨，他站在校门口的站台，等牡丹回来。雾气没散，她从雾中跳下车，轻盈地向他走来。

他从没问过，也许勤工俭学上夜班，也许朋友家过夜，也许亲戚在城里有房子呢。没什么好问的，他这么告诉自己。他突然明白，那些清晨他没有问，其实是从牡丹眼神中读到，你别问我。

他根本就是知道的，一旦问出口，他就再也无法站在站台，等待那辆车了。

想念在雾气中游荡，往事也是。全部扭曲，飘忽，呈现空旷的画面。

牡丹紧张地拉着小平头："不要说了，你先回去。"

小平头看到刘十三一言不发，失魂落魄，已经被他完全轰碎，决定继续演讲，对牡丹说："回头跟你算账。"

他对刘十三说："我警告你，以后不要再缠着牡丹，见一次打一次。"

他对围观群众说："看什么看，这个智障有什么好看的，改天请你们吃饭。"

智哥忍不住赞美敌人："咦，这个奸夫怎么像外交官，讲话这么多方面的。"

程霜说："他不是奸夫，刘十三才是奸夫，不过感觉奸夫成了受害者。"

雨声清脆，刘十三推开小平头，轻轻一拉牡丹，让她躲进屋檐下。他满脸是水，说："我只有最后一个问题，为什么？"

小平头冲上前一拳，正中刘十三鼻梁，围观群众呼啦集体退一步，让出更大的舞台。小平头甩着手说："废物哪儿来这么多废话！见一次打一次，第一次，记住了！"

刘十三是个很没劲的人，小时候遇到别人打架，哪怕当事人是关系最近的牛大田，他都不去看一眼。长大了能道歉就道歉，能滚就滚。

他和牡丹两年，问问题都不敢，最勇敢的就是昨天和今天。

这么没劲的人，一个趔趄倒在泥水中，被小平头暴捶，看得人连愤怒都没有，只剩心酸。

智哥扑上去想帮忙，程霜拦住他，冷静地阻止："他说要自己解决。"

智哥说："眼睁睁看他被打，传出去也不太好听。我是为了名声考虑，绝对不是为他。"

刘十三已经受到一分钟的持续输出，程霜深吸一口气，毅然决然说："我们还可以为他加油。"说完她有节奏地鼓掌，大喊："刘十三，加油！刘十三，加油！"

她喊得认真而且动感，双腿左右腾挪，飞快带起了节奏，令智哥情不自禁跟着大喊："刘十三！加油！"

从那句睡了两年开始，刘十三感觉自己悬浮到了上空，他望着躲雨的流浪猫，望着肮脏的月季叶子，望着塑胶跑道，他就是不想看自己的躯体是怎样倒下，怎样地哭。

奇怪的加油声把他喊回了现场，刘十三这才发现，自己被打成沙包，下意识劈出一掌。

小平头蒙了，他没想到刘十三会还手，硬吃了一个耳光，更出乎意料的是，居然毫不疼痛。

还击出现，围观群众情绪激昂，跟着程霜一起喊："刘十三！加油！"

有人问："刘十三是哪个？"

有人答："管那么多！反正往死里加油。"

被冷落的牡丹也没闲着，抽空回宿舍拿了伞，这时候撑起来罩着小平头说："我跟你一块儿走，别打了。"

程霜一愣，无名火燃烧，问旁边女生："劳驾，借个伞。"

女生说："为啥？"

程霜说："为了正义！"

女生呆呆地把伞递给程霜，她撑着伞罩住刘十三，指着小平头："王八蛋，决战到天亮。"

遭到挑衅的小平头怒不可遏，一脚把刘十三踢出老远。程霜赶紧跟过去，继续用伞罩住刘十三，怒骂小平头："大家都有撑伞的，来啊王八蛋。"

牡丹急得跺脚："你们不要添乱好不好？智哥，你劝劝十三。"

智哥吐了口口水："正好我有些话想劝劝你，说来话长，要不你滚到一边，我慢慢讲给你听。"

牡丹不再说话，小平头猛踩刘十三，刘十三咬紧牙关反扑，锁住他的双腿，两人绞成麻花，泥水中互相纠缠。战况惨烈，智哥也冲过来为刘十三撑伞。

因为行动受限，双方只能靠翻身来进行位移，程霜、智哥两人的伞死死罩在刘十三上空，他翻到左边，伞就罩到左边，他翻到右边，伞就移到右边，绝不照顾小平头。

楼上的观众十分郁闷，整个战场只见两把伞在跳小天鹅舞，下面的人打得怎么样了，死没死，流多少血，一点儿看不清楚。

一个短发妹摘下眼镜，感慨说："虽然热闹没有看成，但这几把伞实在很热血。"

旁边室友赞同说："确实炸裂，大家全部湿掉，不知道这几把伞有几把意义。"

小平头奋力挣脱！刘十三垂死挣扎！小平头击中刘十三胳肢窝！刘十三控制不住笑了一下！刘十三泄气了！小平头骂他武大郎！刘十三重整旗鼓！小平头终于被打到脑袋！小平头一声怒吼！刘十三嘴角出血！牡丹哭了！程霜也哭了！

刘十三仰面躺着，打到脱力，半张脸泡在泥水中。两个女孩举着伞，眼泪吧嗒吧嗒，比雨下得还凶猛。

牡丹抱住小平头，放声大哭："你不要再打了，你再打要把我打没了。"

小平头摇摇晃晃说："你服不服？"

刘十三笑了，勉强睁开眼睛，天空中一万滴眼泪坠落，说，再见。

真困，他想，该做梦了，再见。

4 /

回程出租车上，一直静默的刘十三终于感觉到疼痛，大呼小叫起来："掉头！掉头！送我去医院！我需要临终关怀！"

程霜说："临终是谁，他为什么要关怀你！没想到你不但做第三者，自己还有第三者。"

智哥解释说："刘十三是说他快要死了。"

程霜说："才这么点小伤，怎么会死。"

智哥解释说："太丢脸了，羞愤到死。"

刘十三不屈不挠，继续喊："你们不是人！见死不救！我要包扎！"

程霜问："你哪儿破了？"

刘十三说："我牙龈流血。"

智哥说："我也牙龈流血，每天早上刷牙都红通通的，我妈以为我用的是草莓牙膏。"

程霜说："草莓牙膏甜甜的，我只敢偷偷用。"

刘十三求助无望，只好展开自救，摸摸全身，掏出一块电子表。

刘十三对电子表说："废物，长得跟创可贴一样，但你有什么功能？表带还是塑料的，擦嘴能擦出血。"

电子表嘀嘀叫，刘十三困惑地说："它为什么会响？"

程霜说："闹铃吧。"

智哥怒骂刘十三："大白天你定闹钟，不怕晦气吗？吵到别人睡觉怎么办？"

刘十三傻笑："我是怕补考迟到，定了提前一小时。"

话说完一片死寂，程霜好奇地问："什么补考？"

智哥笑出了声："他今天下午要补考。"

刘十三颤抖地问司机:"师傅,你能飞吗?"

5 /

刘十三进门的时候,考卷已经分发完毕。

监考老师看刘十三鼻青脸肿,头发倒竖,浑身泥泞,走路一步一个脚印,皱了皱眉。不过好在他对刘十三印象挺深,四年来刘十三坚持听他课,勤奋做笔记,回回挂科,让这位老师明白什么叫朽木不可雕。

监考老师说:"你迟到了,快。"

刘十三坐到位置上,闭目,平心静气半分钟,镇定地打开考卷,猛然看去,发现一道题也看不懂。他不敢相信,又猛然看去,发现字都不认识了。

连夜赶路,质问,打架。得知补考,吃惊,赶路。十几个小时,到这一刻,他的肾上腺素全部消耗完毕。

一下子毫无力气,压下的悲伤从全身每个缝隙冒出来。脑中穿梭着牡丹转身的背影,雨里的眼泪,他每个画面都按不住,只能反复轻问,为什么,为什么。

这时不在考场,会好过一点吧,他能睡觉,睡醒起来打游戏,跟智哥去跑步。做不到的话,可以蜷缩在被窝哭。

然而他偏偏就是在考场,桌子上摆着笔,笔压着考卷,监考老师虎视眈眈。

要是可以人格分裂多好，一个刘十三痛苦万分，满地打滚；一个刘十三稳定答题，下笔如有神。

思绪乱糟糟，刘十三的意识中，莫名其妙出现倒计时，跟寺里过年撞钟一样铛铛铛，震彻耳膜。

就在刘十三举手想放弃的时候，窗外蓦然有人大喊："刘十三！加油！"

不用抬头，他也知道是程霜。

这女生太可怕了，从来不管别人愿不愿意，能不能够，她就喊加油，喊拼命，而且还不是嘴巴上说说，她真的会拉着人去拼命。

真奇怪，童年还喜欢过她，要是跟她在一起，日子会颠沛流离吧。

程霜喊完加油，刘十三听到她踹人的声音，接着听到智哥大喊："刘十三！加油！"

两人齐喊："刘十三，加油！"

监考老师冲了出去，而刘十三就像走在迷雾里的人，那加油声是条隐隐约约的绳索。他顺着这条绳索跌跌撞撞振作起身，不管它会不会断，一心一意要看清楚山崖上的考卷。他心想，走过去，走过去，走过去就好了。

程霜和智哥说着对不起，被监考老师赶跑。刘十三也看见卷子上一道道题目，迷雾散开，明朗无比。经历千辛万苦的努力，锲而不舍的追求，那啥，还是一道题都不会做。

看清和会做，是两回事。

他握紧笔，哪怕看不懂题目，依然毅然决然要写答案。

刘十三写的正楷，横平竖直。小学起，他的本子上字字端正，行列整齐，深思熟虑才落笔，并不允许自己用涂改液。因为字里行间，如雕如刻，全部是他不可动摇的目标，全部都得做到。哪怕后来他明白，那不叫目标，叫愿望，对永远弱小的他来说，更应该叫幻想。

刘十三在考卷上写了一行字，正楷，横平竖直：加油！我会顺利通过考试！我会找到工作！拥有未来！

刚写下的字就立刻模糊，是眼泪大颗大颗掉下来。

他很加油，加到爆仓。他也不想要这样的人生。倒霉，无能，卑微，还窝囊地哭。不能哭，他忍住眼泪，憋回嗓子，发出了更奇怪的哽咽。

像热带雨林里，奇形怪状的鸟的叫声。

监考老师诧异地问："你还好吧？"

刘十三很好啊。他这么多年，能面对从小到大的怜悯。能面对不断的失去。能面对喜欢什么，什么就会离开。他靠一本写满幻想的笔记本，去习惯痛苦。

刘十三说："没事，我很好。"

说完他猛地站起来，盯着他看的补考同学们吓了一跳，椅子一齐发出挪动的吱呀声。他们终生难忘这个场景，鼻青脸肿的刘十三站在考场中间，以众生不知道的原因，用尽全身力气大哭。刘十二哭得上气不接下气，手里依然紧紧攥着一支笔。

考场的人不知所措。刘十三想，悲伤有尽头的话，到现在应该差不多了吧，从今往后也不会有更惨的事了吧，那么一次性流完眼泪，以后不要再这样了。

他一边哭号，一边大喊："我很好，我会好得不得了！我会重新做人！绝对不会再失败了！"

监考老师实在没想到，会迎来这么激烈的回答。

刘十三泪水滂沱，大喊："我很好，我会好得不得了！我会重新做人！绝对不会再失败了！"

监考老师惊恐地说："好的，我知道了。"

6

远处程霜跟智哥喝着奶茶，忽见考场外的那棵树上，鸟雀轰然炸起。

智哥说："你还担心吗？"

程霜说："怕他想不开，万一死了呢。"

智哥说："哪儿有这么容易死。"

程霜说："对有些人来说，找死轻而易举。我有个远房姑父，跟老丈人吵架，打牌一看三四五六八，脑溢血，死了。"

智哥惊奇地说："你讲话好像北欧电影，虽然刘十三喜欢哭，但越哭越坚强。"

程霜从背包里掏掏，掏出一堆药瓶，并排摆在石桌上，每瓶倒出几颗，变成手心一大把。在智哥震撼的注视下，一口塞进嘴巴，仰着脖子用整杯奶茶灌了下去，咽得无比艰辛。

智哥结结巴巴地问："你这是吃药？"

程霜说："对啊，抗癌药。"

智哥结结巴巴地问："啥……抗啥……"

程霜咂咂嘴巴，打了个嗝，说："吃饱了。小时候查出来的，医生说我只能活一年，结果我活到现在。"

智哥接不上话，大脑处于当机，傻不愣登望着笑嘻嘻的女孩。

她说："本来在旅游，谁想到会碰见十三，哈哈哈哈。对了，我要走了，你替我转交个东西给他。"

望着呆若木鸡的智哥，她眨巴眨巴眼睛，说："你是不是想问我，还能活多久？"

智哥语无伦次地摇头："不是不是……"

她说："反正我不知道。可能明天就仆街了。"

雪停了，雨也停了，冬日的阳光并不温暖，平稳又均匀，但阳光里程霜的笑脸那么热烈，她说："我就不死，怎么样，很了不起吧？"

智哥喊："那你还来吗？"

已经走远的程霜在阳光下挥挥手，不知道她是说再见，还是说不。

7/

智哥把字条交给刘十三说："程霜给你的，不行我得回去睡觉。"

刘十三独自站在走廊，打开字条，上面很短的几行字：

喂！

这次不算。

要是我还能活着，活到再见面，上次说的才算。

身边欢快的同学来来去去，没几个认识。补考失败的刘十三心想，上次说的什么？为什么这次不算？

8/

刘十三补考失败，只能重修。然后重修失败，差点拿不到毕业证。他给导师送澳大利亚香橙，导师问："你平时挺稳妥的，关键时刻掉链子，要找找原因。"

刘十三解释说，考运不好，所以我收到的结果，对应不上我付出的过程。

导师帮他争取学位证，补齐了学分，千辛万苦毕业。

毕业的刘十三更加勤奋，深夜偶尔思索：程霜去了哪儿？莫名其妙出现，又消失，两回了吧。得绝症的人不是应该掉光头发，去做几件重要的事吗？那部电影叫什么来着，哦，《遗愿清单》。她这么闲，还带他去外地打架，一点生命的紧迫感都没有。电话号码也不留，这年头都用微信了，难道我用漂流瓶找她？推理下来，估计她哪怕得了绝症，也是慢性发作那种。听说有些人身患大米过敏症、伤心乳头综合征，都治不好，但活得如火如荼。

刘十三翻个身，心想：她不会真的死了吧？

他这么想过几次，次数不多，时间要留给其他事情，尤其是工作。

因为毕业那天，他在笔记本上，横平竖直写好：

加油，我会找到工作，拥有未来。

有人哭，

有人笑，

有人输，

有人老。

Chapter

5

城市多少盏灯

1

毕业之后，智哥想去南京，大城市工作机会总是多一点，但算了算存款，只能苟活在四线小城。他有了决定，说："我们先在这儿打工，赚一年钱再去南京，你觉得呢？"

刘十三心想必须去，牡丹在那儿。他虽然接受了失恋的事实，却动辄燃起新的希望。或许过了很久，会跟牡丹重逢。或许牡丹已经结婚，有了孩子，那不要紧，没人比他更爱她，所以她一定会离婚。到时候南京街头相遇，她牵着小孩，小孩手里冰激凌掉到他脚边，她赶紧说对不起，一看，是他的脸。

智哥听他述说幻想，叹口气出门，当晚找了网管的工作。托他的福，刘十三没花钱上了一夜的网，发出去几十份简历，还收到了不少面试通知。

2

一年转眼消逝，刘十三极具突破性，他连续度过各家公司的试用期，没有获得一次转正的机会。

傍晚回到出租屋，屋内景色和大街上的雾霾一样昏暗不清。

刘十三按开关，灯没亮，停电了。

刘十三走到阳台，全城灯火辉煌，两人凑钱交的房租，缴纳电费都有点艰难。门吱呀一声推开，智哥脚步蹒跚，叼着烟头，跌跌撞撞和他并肩而立。

刘十三说："睡一会儿吧。"

智哥说："上班真累，老子一开门体力就用光了。"

刘十三说："你不是夜班吗？"

智哥说："干，跟老子说是夜班，还以为经常熬通宵的我轻而易举，没想到夜班长达十八个小时，晚上去晚上回。说到这里，我仿佛又要去上班了。"

刘十三："坚持，你比我强。"

智哥靠着墙壁缓缓坐下，整个人埋在阴影中："十三，我这么拼还交不起电费，生活是不是太残酷了？"

刘十三问："你游戏里那杆圣龙烈焰枪要多少钱？"

智哥挣扎着喊："橙武你懂吗？橙武！那是无价之宝，你不要用钱来计算。"

刘十三踢他一脚，走回客厅，来了条手机短信，是入账消息，王莺莺给他转了五千块钱。刘十三立刻给她打电话："王莺莺，你是不是赌博了？"

那头传来王莺莺不耐烦的声音："小卖部的分红，你现在明白有个产业多重要了吗？"

刘十三狐疑："小卖部什么时候那么赚钱了？"

王莺莺话锋一变："对，赚钱不容易，这可能是你收到的最后一笔分红了。"

刘十三道："这明明是第一笔。"

王莺莺虚伪地咳嗽："我身体一天不如一天，现在进货都搬不动箱子，你再不回来，我给你打下的江山就要没了。"

刘十三劝道："没就没吧，你把铺子盘掉，到城里付个首付，我每天带你吃鸡蛋灌饼，城里都用电动麻将桌。"

王莺莺说："人都不认识，打什么麻将。"

刘十三说："一开始都是陌生人，多讲几句不就熟了。"

王莺莺说："我花了一辈子交到的朋友扔掉，去城里认识陌生人？自己有的不要，为什么老想那些没有的。"

刘十三陷入深思，说："你看你看，每次都聊不下去，你坚定地不肯来城里，我坚定地不肯回镇上，以后咱们别谈这个话题了，伤感情。"

王莺莺说："除了钱我们还有什么好聊的。"

沉默了一会儿，刘十三说："王莺莺，你过得好不好？"

王莺莺说："很好啊，你呢？"

刘十三说："我也很好。"

在一百多公里外的山林小镇，小卖部多年后还是那样，没有变新，也没有更旧。月光像一块琥珀，凝固住了这七十平米。

柜台玻璃粘粘补补，不知道破过几次，洗头膏罐子如今腌上咸菜，桂花香水瓶种了株水仙。在它们中间，端端正正地供着台电话机，机身贴着一张照片。照片是电话安装那天拍的，童年刘十三咧着嘴，拿起话筒贴在脸边，扭扭捏捏。

　　王莺莺放下电话，自言自语地说："看来你真的不回来了。"

　　收音机唱着越剧，她呆呆听了一会儿，吃两口炒饭，说："哎呀，没放盐。"

　　桔梗和栀子次第开，空气中淡淡香气。刘十三房间的窗帘刚洗完晾干，风一吹，窗帘轻动，写字台上整齐摆一摞作业本。王莺莺摘掉胳膊上的套袖，坐在院子，美滋滋地点根烟，抬头眯起眼望望桃树，说："你老了。"

　　她拍拍桃树，弯腰抓了把泥土，收音机却没声了。外孙留给她的，太陈旧，她到镇尾换过几次零件，修电器的陈伯拼尽全力鼓捣，说，这机器太老，用不了多久。

　　都老了啊。

　　眼泪翻越皱纹，又瘦又小的王莺莺用袖子擦擦脸颊，手里紧紧攥着土，说："你真的不肯回来，但我也真的老了。"

3 /

　　房东王阿姨跳完广场舞，给刘十三介绍了份工作。一家保险公司新开张，需要门口一对童男童女捧花篮撒红包。次日，刘十三和王阿姨套上玩偶服，在保险公司门口载歌载舞。

　　本来王阿姨比较出彩，多年广场舞的锻炼让她的童女舞得有套路，有节奏，但刘十三这次是拼了，一开始还跟着王阿姨的脚步扭动，后来看到保险公司领导出来，动作一下非常剧烈，艳压王阿姨。

王阿姨手捧花篮，刘十三头顶花篮。王阿姨跑步发红包，刘十三飞跃撒红包。王阿姨左右摇摆好可爱，刘十三跳起来比心，空中转体飞吻。

保险公司门口人越来越多，小区群众听闻有个玩偶发疯，嗑了药似的。

刘十三苦心未曾白费，保险公司领导注意到了他，微微点头："这个玩偶很有活力啊！"

刘十三大喜，当场下腰，结果玩偶服太过笨重，直接倒地。围观群众以为又是什么新动作，没人上前帮忙。刘十三心急火燎，连续蹬脚，终于蹬到个啥，翻身而起。在一片惊呼声中，扶正头套的刘十三看看眼前，心情跌落谷底，他把领导蹬飞了。

员工们集体搀扶领导，王阿姨扮的童女笑盈盈地继续载歌载舞，小伙子，让你能，看你能的，你咋不上天呢。

领导挥挥手，阻拦试图替他拍灰尘的员工，宽容地笑："年轻人嘛，就需要这种风风火火的精神！"

领导当然气，气得不得了，想把玩偶里的人拉出来活埋。但他决定，不可以让群众觉得他跟一个玩偶计较。

领导这个行为就很高级，很多明星做不到。明星产生矛盾，都隔空骂来骂去，今天你上头条回应，明天我上头条回应你的回应，一个说，她劈腿！一个说，他骗钱！两个人唰唰唰互相捅刀子，一开始大家还感兴趣，后来发现都捅不死，越捅越有钱，只能骂一句狗男女。

还不如保险公司领导，他说完这个话，群众鼓掌。

刘十三灵光乍现，摘下头套说："领导，我想做你们的员工，可不可以？"

这就尴尬了，领导惊愕，路人无语，王阿姨目瞪口呆。其实刘十三是最尴尬的，可今天他与众不同，羞耻度直达人生巅峰。

领导勉强说："我们员工招满了。"

刘十三说："没关系，我做备胎。我就佩服你的气度，想跟在你身边学习！"

这话是跟电视剧学的，十分灵验，领导顿时无计可施，面向群众做模范："各位朋友也看到了，我们招收员工没有门槛，只要肯努力，大门就向你敞开。"

掌声雷动，领导满心憋屈，得知刘十三好歹算大学毕业，觉得舒服了一些。

领导说："我还以为你是来敲诈的，哈哈哈哈。"

刘十三说："不敢不敢。"

领导说："我剪完彩就走，你不要跟着我，你就待在此地，不要跟着我。"

说着仿佛刘十三会贴上来，中年男领导退后几步，飞快走了。剩下的都是保险公司员工，他们看着刘十三莫名其妙混进队伍，自豪的脸色暗淡无光。

4 /

试用期三个月，刘十三打骚扰电话，发传单，走门串户推销，一事无成。每月五单的绩效考核及格线，三个月他离成功一共差十五单，意味着颗粒无收。

经过赌咒发誓，单位勉为其难，又给他延长一个月试用期。刘十三感恩戴德，仓皇下班，幸亏王莺莺转的钱他省吃俭用，基本没怎么花。惆怅的刘十三打算找智哥诉苦，智哥夜班没结束，只好独自觅食。

租的屋子就在学校旁的窄街，他摸摸肚子，走向常去的烧烤摊。

摊主的孙女放学，用推车旁的塑料板凳写作业。唯一一盏应急灯挂在孙女头顶，老太戴着厚眼镜，脸正贴着肉串细细撒孜然。

刘十三说："吃饭。"

老太说："真烦，等等。"

她牙齿漏风，直接把孜然粉吹到炭火上，腾地蹿出火苗，仿佛表演魔术。

刘十三早就习惯，然而老太面前的顾客第一次来，倒吸冷气："婆婆你别靠那么近好吧，让不让人吃？"

孙女停住笔，和刘十三一起鄙视地看着顾客，开玩笑，不靠这么近如何能看到肉焦不焦，如何能判断辣椒够不够？显而易见，这人没吃过南方老太的烧烤，精细到纳米级别，现在进行的就是老花镜微距操作，爱吃吃，不吃滚。

老太对顾客的抱怨充耳不闻，怕了吧，这就是长者气质，再啰唆老太就会中风，在场顾客一个都别想跑掉，刘十三就是见证人。

顾客心存担忧，扭头问刘十三："你经常吃？"

孙女不愧是无知的小孩，这样的场面依旧不知好歹抢答："他才不吃，他嫌烧烤太贵，每次只点一份炒饭。"

刘十三大怒，小破孩为了侮辱他，居然不顾自家生意，竖子不足为谋，小学生就是坑逼队友。

孙女又说："不过他馋很久了，肉串你要是不吃，我们半价给他。"

顾客紧迫地付钱拿货走人，孙女从容落座。老太磕了蛋到锅里，准备炒刘十三的饭。孙女看着数学题，目不斜视："奶奶你多放了个鸡蛋。"

刘十三一阵悲凉，这就是穷人的斗争，要么进行智商上的攀比，要么用鸡蛋进行反击，手段一个比一个寒酸。

孙女说："你帮我改改作业吧，抵充蛋钱。"

刘十三赶到网吧，正碰见智哥吃耳光。流着鼻血的智哥身边围着群高中生，他满面笑容，费力跟人解释。

看到这些高中生，刘十三就来气。大好光阴天天玩游戏，像他刘十三，高中时代起早贪黑，外婆强行关灯，他依然点蜡烛背单词，这么刻苦用功，最后还不是考砸了。

金发高中生说："赔手机。"

智哥说："我最多帮你调监控，看看是谁拿的。"

金发高中生说："看什么监控，我来你这里上网，手机被偷了，当然问你要。"

智哥说："报警行不行？"

金发高中生说："报警抓我们？欺负我们未成年人不能上网？去你妈的，我先砸了你这个破网吧。"

四五个人立刻举起电脑屏幕，智哥抹掉鼻血，把脸凑上去说："别别别，要不你再打我两下出气。"

金发高中生说："砸。"

刘十三站到他面前，说："两千块，再多没有。"

网吧后门，智哥忧伤地吐了口烟雾："钱以后还你。"

刘十三说："不急。"

智哥说："老板又扣我薪水了。"

刘十三说："拉倒，就当给他买棺材。"

智哥说："十三，我想走了。"

刘十三接不上话。

智哥说："我要去更大更现代的城市，我要闯荡天下。你记得吗，我们刚住一间宿舍，第一次喝酒，我就告诉你，我要成为引导潮流的歌手，这个梦想搁置太久了。我一直没有向前走，并不代表我忘记。"

智哥说:"我昨天问自己,回老家找个姑娘,聊天都用方言,给全世界唱歌,不如她一个人鼓掌,这样不好吗?"

智哥说:"不,不好。比如,其实你也可以回老家,掌控一个小卖部,请表嫂当柜员,每天骂她服务态度不好。你说你想要的生活是找个好工作,买房子,娶媳妇,我没有办法给你建议,这些计划,我光是想想就很累了。"

刘十三全程当听众,智哥一扔烟头:"走,不管这个破网吧了,荼毒青少年,发的是国难财。呸。"

5 /

身处第四个月试用期的刘十三到处奔走,毫无建树。转机出现,手机收到组员吴嫂微信,喊他回公司开月度会议。

回公司好,冷气十足,一次性杯子和饮水机备齐,电脑还有蜘蛛纸牌,不过月度会议是什么东西?莫非跟高中模拟考一样,考零分座位是不是要被调到最后面?现在座位已经贴着仓库,再往后就是巷子,那个巷子还不错,卖小龙虾的挺多。

刘十三设想着最坏的可能,赶到会议室。

会议室气氛怪异,平时开小会,同事都是聚在一起说客户坏话,说到开心的时候再批评刘十三,于是大家更开心。此刻鸦雀无声,集体规规矩矩,吴嫂都没有嗑瓜子。

看到刘十三进来，吴嫂赶紧说："侯经理，人齐了。"

刘十三循声望去，看到侯经理的背影。

一切经理好像都这样，背着双手看窗外，欣赏一览无余的城市全景。但他们公司在一楼，窗外车水马龙，侯经理目不转睛，莫非在偷窥等公交的小姐姐。

侯经理个头高高，剃着小平头，孤身伫立，像在窗前放了个安全桩。

说到像安全桩的小平头，刘十三记得有个情敌也长这样。侯经理转过身，真的是情敌。

曾经有人握着牡丹的手，说："快进去，我下班接你。"

天蓝色的牡丹，嫩黄围巾，明亮如同盛开时抱到的一缕朝阳，她仰着脸，雨水打湿她笑眯的睫毛，软软地说："嗯。"

那天雨夹雪，那天特别冷，刘十三精神恍惚，眼睛却一直盯着侯经理。

侯经理说："都坐。"

他居然仿佛没事人，搞得刘十三不知如何应对，听他风度翩翩地自我介绍："大家好，初次见面，我是负责华东区的经理，你们叫我小侯吧。"

大家哪儿敢喊他小侯，都喊："侯经理好。"吴嫂尤其谄媚，刘十三听得分明，她喊的是侯总。

侯经理又说："首先恭喜你们分公司成立一季度，我查看过业绩，表现很好。第一名是吴梦娇。"

他说的是吴嫂，长得像程咬金。虽然吴梦娇自述经验，要热爱客户，交心沟通，拿出实打实的诚意，但刘十三一度怀疑她动用了武力。

侯经理说："短短一季度，吴梦娇签下了四十多笔保单。新出的重疾保险，她以个人之力，强推十五份，开疆拓土，可以说是保险推销界的成吉思汗。"

按照趋势，接下来可能诞生保险推销界的文成公主、岳飞、申公豹、刘禅！外号称呼层层降级，甚至八大散人，轮到刘十三，说不定是保险推销界的武大郎！

充分进行猜测的刘十三心想，呵呵，我是武大郎，你不就是西门庆。

又觉得不对，武大郎还是比西门庆倒霉，刘十三掂量掂量，宁愿侯经理说他是保险推销界的牛大田。

没想到侯经理跳过了诸多渴望获得封号的同事，直接点名刘十三。

"我也注意到，公司里有人试用三个多月，还没有实现零的突破。"

无数道目光识趣地射向刘十三。

"巧的是我以前认识他，大学里面就不怎么样。本来以为他会珍惜这个宝贵的工作机会，可惜……他再次向我证明了他的失败。"

侯经理抱着胳膊，站在窗前，刘十三那瞬间觉得很奇怪，大家都是年纪差不多的人，四肢健全，智商相差不远，为什么其中一个便可以随意评价另一个？

莫非他觉得自己是成功人士的标杆？被女人甩就是失败？业

绩为零就是失败？

　　刘十三愤怒地发现，咦，好像真的是这样。

　　侯经理也不算真的成功，刘十三认为。他现在明显很把刘十三当回事，开个会来羞辱他。智哥大三在汽车 4S 店打工，来往的人物都是全款提车的有钱人。他说："一次客户试驾，跟我聊天，打算开车去山区。我提醒客户，这款车不越野，只能走平地。客户说，没关系，我去修条路吧。在我眼里，他英俊无比。"

　　刘十三问："那在他眼里，你会不会很丑？"

　　智哥缓缓说："成功人士不会看我们的。比你强的人，要么对你怜悯，要么对你无视。"

　　侯经理嘲笑刘十三，努力打击，说明大家依然在同一层次。

　　侯经理说："听说你额外获得了一个月，假设绩效上不来，很遗憾，我们公司不会收留你。哦，说错了，一点都不遗憾，没有公司想要失败者。"

　　同事们哈哈大笑。

　　"侯经理真幽默。"

　　"侯总说的话精彩，鞭策了我们。"

　　吴嫂笑着推推刘十三："你也说两句，表表决心。"

　　见刘十三不动，吴嫂用力朝侯经理笑，继续推他，小声说："讲两句这事就过去了，态度好点儿。"

　　刘十三站起来，口齿清楚地发言："侯经理，我并没有失败，因为还有一个月。"

吴嫂赶紧说："对对，一个月五笔订单，有可能有可能。"

侯经理皱起眉头，吓了吴嫂一跳，她立马改口："但刘十三的话……就没希望，毫无希望，没希望啊，一点儿也没有。"

侯经理说："好，一个月，我等你。另外……"

他贴到刘十三耳边，说："我们订婚了。"

说完这句话，他向大家双手合十表示谦逊："今天就开到这里吧，我还要赶飞机，不多说了，加油，努力。"

刘十三迈着轻飘飘的步子，脑子轰鸣，一步一晃。他以为，有关牡丹的任何消息，到今天很难撼动他，哪怕他假想过牡丹和别人的婚礼。现实中那个雨天握住牡丹手的小平头，穿越时空走到他身边说，我们订婚了，依然炸得他四分五裂。

吴嫂陪他走了一段，絮絮叨叨："小刘，你试用期到现在从不休息，这样，给自己放两天假……我们这个行业其实是自由职业，没有规定的工作方式……你要是在街上找不到客户，不妨考虑下你最好的朋友，最亲的家人，对吧，他们就当给你的未来投资……"

吴嫂是好心，对世界失去触觉的刘十三也知道，他点点头，拿着保单文件回家。

楼门洞一滩积水，是楼上空调漏下来的，无人理会。小区建造初期颇为时髦，号称首批小户型楼群，专门为有志青年打造。有志青年是不会买小户型的，几年过去，小区变成租户聚集地。

刘十三站在门口，钥匙摸了半天，拿不出裤兜。

他的手在抖。

他的腿也在抖。

他站不住，靠着门滑下来，嘴角尝到一颗眼泪，呼吸困难，全身发寒，像几年前冬至的雪，一直落一直落，终于埋到了咽喉。

6 /

智哥收拾好行李，等刘十三下班。

智哥不能给刘十三找到工作，不能借他钱，不能帮他买房子，但是智哥尊重他。话说回来，要是智哥能做到前面三点，他们也做不了朋友，刘十三天天喊他干爹。

刚认识的时候刘十三朴实勤奋，还肯听智哥唱一晚上歌。智哥觉得此人虽然无聊，但脾气甚好。后面一项优点随着熟悉变成了缺点，现在想来，刘十三各方面都很平凡，如果想要这样的朋友，只要到天桥往下望，行走的全是刘十三。

他曾经想把刘十三写成一首歌，歌词是这样的："我有个朋友叫刘十三。"

开头这一句就没写下去了，刘十三完全没有什么可写的。

为智哥送行，两个失败的穷人喝酒聊天，没什么精彩的话题，充斥唉声叹气，贫贱朋友百事哀，到后面两个人还虚伪起来。

智哥说："等你发达了不要忘记我。"

刘十三说："一定一定，你把地址给我，我有空去看你。"

智哥说："我注册了视频直播，酒吧歌手混不出头，我就直播七十二小时唱歌不停歇，唱到吐血，以命搏命，总能吸引点粉丝。"

两人喝完，智哥不肯睡，拿着吉他非要唱《朋友别哭》。

> 有人哭，
>
> 有人笑，
>
> 有人输，
>
> 有人老。
>
> …………
>
> 朋友别哭，
>
> 我依然是你心灵的归宿。
>
> 朋友别哭，
>
> 要相信自己的路。

难得刘十三忍住眼泪，智哥却哽咽得唱不下去。他把吉他递给刘十三："给你做个纪念吧，再见面不知道要过几年。你钱不够，就把它卖了，签名版，还值几个钱。"

刘十三抱着吉他，醉醺醺地说："两千块不用还了，等你出唱片的时候，就当我买了二十张。"

早上刘十三醒来，智哥已经离开。

这座城市，对刘十三来说，从此只有他一个人。

地上摆着吉他，房间里似乎还在回荡智哥的歌声，朋友别哭，要相信自己的路。

7/

刘十三终于卖出去保险了。一单，客户签字，刘十三热泪盈眶。组员们簇拥着刘十三，齐声要他请客。

吴嫂也很高兴："必胜客吧，我儿子最喜欢吃。"

秃头同事揽着刘十三："必胜客不能喝酒，去川鱼馆吧！就在前边。"

五斤香辣豆豉鱼、五斤泰式酸辣鱼、三瓶白酒，刘十三看看价格，还好酒不太贵。

秃头同事喝得有点多，抱着刘十三说："兄弟，其实我很讨厌你。"

刘十三说："我知道我知道。"

秃头同事眼泪汪汪："但我更讨厌自己。几十岁的人了，终于有了点小小的成绩，但那又怎么样。我虽然比你强得多，但我不应该看不起你！"

刘十三说："我理解我理解。"

秃头同事振臂高呼："欢迎你，欢迎你刘十三！欢迎你进入保险行业大家庭！"

啪啪鼓掌声，接着同事们又进行了抓钱舞表演，点名游戏，展现了丰富的企业文化，直到有人脸色突变，拽拽别人衣角。

秃头同事明明喝醉，桌子底下翻翻手机，若无其事地说："领导喊我加班，先走先走。"

同事们一哄而散，没人回头。吴嫂最后一个走，在门口迟疑一下，说："我们组有个微信群。"

刘十三说："嗯。"

吴嫂说："里面没有你。"

刘十三说："嗯。"

吴嫂说："侯总回来了，喊大家去 KTV 唱歌。"

刘十三说："嗯。"

吴嫂说："那我走了。"

刘十三说："好。"

刘十三一个人坐在桌边，杯盘狼藉，手机响了，是吴嫂发来的。

"小刘，对不起，侯总发现我把单子让给你了，刚刚要求重新计算。我也没办法，这单我拿回去了。对不起。"

刘十三回了一条："谢谢吴嫂，没关系的，我会更加努力。"

他收起手机，喊来服务员结账，最后的两千花出去一千六。

8

再次业绩为零的刘十三徒步回家，路过消夜街。大学时期的蓝色塑料棚被市容整顿，还在经营的是一些屡教不改的顽固分子。依旧有学生坐在小板凳上，只是人少了许多。以前的早已离去，如今的更喜欢点外卖。

刘十三停住脚步，似乎能一眼看到那零散的学生中，有个叫牡丹的女孩子，仰着干净的脸，对着筷子上的粉条吹气。似乎听到自己说："你一定没吃过梅花糕、鱼皮馄饨、松花饼、羊角酥、肉灌蛋……"

似乎听到蓝天百货的音箱在放：

> 没什么可给你
>
> 但求凭这阕歌
>
> 谢谢你风雨里都不退
>
> 愿陪着我
>
> 暂别今天的你
>
> 但求凭我爱火
>
> 活在你心内
>
> 分开也像同度过

刘十三浑浑噩噩，被嘶哑的声音拽回现实："喂，小炮子，过来。"

他的确很饿，因为饭局上一口也没吃。烧烤摊黑乎乎，基本依靠后头百货店的射灯，只吊起一盏应急灯，照着做作业的孙女。老太斜着眼看他，弓着腰招手。刘十三走过去，老太说："老规矩，炒饭？"

刘十三说："我不饿。"

老太说："小炮子骗哪个，每天上班带瓶水，就等着我这一顿，坐好了，不要走。"

刘十三沉默地坐下，写作业的孙女眯着眼睛冷笑，刘十三咬牙说："我没钱了。"

孙女说："我知道。你一直没钱。"

刘十三又说："我很努力，但从来没拿到过工资。我对自己说，我可以更努力，可我快被辞退了。"

孙女压根儿不理他，推着本子说："帮我检查一下作业。"

刘十三眼泪止不住，说："我是不是真的不行？"

老太端着饭过来："先吃饭。"

刘十三低下头，一盘热气腾腾的炒饭放到他面前，加了蛋，还有午餐肉和金针菇，豪华得不成样子。

囡囡说："你帮我改作业，这顿当我请你的，奶奶，从我零花钱扣。"

老太说："请什么客，你这么小一个人，花钱大手大脚打死你，我送的。小炮子，人有一口饭吃，还怕什么，到哪里没有一口饭吃。"

刘十三真的饿了，他挖了一勺饭塞进嘴里，所以说南方的烧烤摊就是厉害，蛋炒饭都做得蓬松柔软，菜油和鸡蛋的香气饱满地灌进灵魂，暖融融的让人又想掉眼泪。

刘十三攥着最后的四百块，加快脚步，走进蓝天百货。店铺临近打烊，他问老板："你们负责安装吗？"

老板点头，刘十三摊开手掌，说："两百块买灯泡，送到门口烧烤摊。一百块买线材。剩下一百块，是给你的电费，能用多久是多久吧。"

刘十三远远望着老板把灯串挂起来，应该有几十个，正好绕着烧烤摊一周。

这座城市的夏夜，在刘十三路过四年的街道，有个烧烤摊如同小小的宫殿，明亮的光无处不在，老太和孙女惊奇地仰脸打量，眼睛里都是星星。

9 /

小学六年级时学校组织春游，去了县城天文馆。头顶布满恒星和旋涡，罗老师喋喋不休，好像会催眠，刘十三的思维随着她的声音离开地球，离开银河系，来到极遥远极遥远的地方，他感到恐惧，一回头发现地球缩成小光点，渺小得等于不存在。

刘十三躺在出租屋，飘进记忆中的浩瀚宇宙，无穷空间浮起画面，是个姑娘，那姑娘好像扎着马尾辫，笑意盈盈，那姑娘又像站在火车站台，背影被汽笛声拉长。

自己喝了几罐米酒，哪儿来的米酒，奇怪，怎么王莺莺在说话，你说干我就干啊，好吧好吧，尊老爱幼，干杯。

二〇一六年初夏，刘十三醒过来的时候不知身处何方，有种回到老家的幻觉。阳光威严地穿过小窗，刺进他的眼皮，空气里还有腌菜和炒洋葱的味道。

"我有很重要的事情，

输了的话，

我就真的一无所有了。"

Chapter

6

一千零一份保单

1

刘十三测算过外婆的拖拉机时速，最高达到三十码，那是进完货赶一场麻将，从县里回小镇五十多里路，一个钟头跑到了。拖拉机保养得很好，据说是外婆用政府发放的养老金买的，后来外婆心疼柴油钱，开的频率越来越低。

恍惚间似乎坐了很久拖拉机，那种熟悉的感觉，贯彻童年。

刘十三揉揉眼睛，这不是做梦，真的在自己小房间里。桌边贴着海报，花格衬衣少年浮空在沙发听音乐，头顶三个英文字母：JAY。

床边堆着行李，出租屋的家当全部打包，四五个编织袋鼓鼓囊囊，他意识到一个极其不可能发生的现状：被外婆绑架了。七十岁的王莺莺勇破驾驶纪录，开了一宿拖拉机，把他绑回云边镇了。

2

王莺莺正在柜台剥豇豆，和她的小镇牌友围坐，众人好奇的目光飞过院子，注视刘十三居住的二楼。

三姑问："怎么大清早的回来，太突然了，出事了？"她其实在问："嘿嘿，你外孙倒啥霉了？"

六婆问："开车回来的啊？车停在哪儿呢？不上班了？"她其实在问："哟嗬，不要吹牛，骗我我就拆穿你，混不下去了吧？"

王莺莺拉过抹布，擦了擦手，流畅地说了一通瞎话："公司派车送的，说让他休假。他们领导也真洋气，年轻人吃点苦有什么大不了对吧？他们居然说，怕累坏公司的栋梁之材。还感谢我教出了这么好的外孙，感谢啥啊，我什么都没教，他天生就这么优秀。"

刘十三轻手轻脚贴着墙边，溜过院子，正好听到"栋梁之材"四个字，外婆居然动用了成语，外孙当场僵住了。

三姑不罢休，先胡乱附和了句："对对，你家十三从小就能干，哎，那什么，他工资有多少？"

王莺莺随随便便打了八百字的腹稿，滔滔不绝："工资我没问，说拿干股的，将来要去耐克斯巴达敲钟，敲钟无所谓，只要不是送终就行。钱还不是用来花的，我就关心他生活怎么样，你说顿顿外卖，鱼翅海参的，就算一顿几百块，吃了也不健康啊。"

六婆找到破绽，奋起反击："那怎么不找个保姆？"

王莺莺笑了，舌战群穷："像我家十三坐到耐克斯巴达敲钟这个位置，是要保守公司机密的，不能跟人住一起，没有保姆，只有秘书。"

王莺莺的谎言自成一体，三姑六婆不得其门而入，差点恼羞成怒。

三姑说："上班又不是做间谍，这么神秘。"

王莺莺说："你当过白领啊？"

三姑说："没有。"

王莺莺说："那你懂个锤子。"

王莺莺大获全胜，刘十三屡次想冲出去打断，但看看三姑六婆抓耳挠腮的样子，再看看王莺莺眉飞色舞的神情，想到一件事：行李七八十斤，他一百三，王莺莺怎么搬上拖拉机的？

刘十三沉默了一阵，回屋穿好西服衬衫，直着腰板踱着方步，加入战局。

他拿捏下语气，说："赵阿姨、秦阿姨、张婆婆，你们都在啊？不好意思，一直加班，多睡了会儿。"

三姑六婆诺诺以对。

"应该的，注意身体。"

"我们就转转，回去了回去了。"

外人离开，祖孙俩四目相对，笑容双双突变。

刘十三怒喝一声："王莺莺！你干吗把我拖回来！"

王莺莺抄起豇豆，拔腿奔向厨房，边走边说："小王八蛋，不把你拖回来，死在外面我都不知道！昨天一进门，看到你惨得……哎哟，惨得不行，我心疼啊……"

刘十三跟在她屁股后头，义正词严："住口，不要假哭，你怎么知道我住哪儿？谁跟你告的密？你是不是预谋很久了？"

王莺莺："不跟你说了，我要炒豇豆了，山丹丹那个开花哟红艳艳……"

　　沟通失败，刘十三回房间给手机充电，发现未读微信几百条，首当其冲是自己被拉进了工作群。他心跳加速，进了公司的群，某种意义上，也算被一个集体接纳。

　　群里的信息向上拉，都是抢红包的讯息，夹杂员工们的表情包，喊着恭喜侯总、百年好合、早生贵子之类。

　　刘十三的手指慢下来。

　　在这个群里，他能看到的第一条终归出现，是张照片，KTV包厢内，男女面对面，男的正在给女的戴戒指。

　　刘十三的感知从未如此敏锐，他听见风自林间来，像轻柔的手抚摸每一株植物，有点潮湿，因为风里盛着小溪潺潺流动的声音。然后这些像潮水般退去，早蝉的鸣叫一层层涌上来，仿佛将他包裹进刺痛皮肤的麻布袋子，又闷又暗。

　　他开始耳鸣，体内演奏交响乐，最主要的乐器是心脏，血液焦躁地涌动，嘴唇发麻，头顶开裂。

　　刘十三发现，起初是前女友嫁人的悲伤，接着是自己不可描述的愤怒。

　　生气毫无意义，他从小告诫自己，但现在他极其愤怒，气炸了，用智哥的话说，气成狗。

　　工作群弹出几条新的讯息。

　　"侯总今天晚上聚餐，我们订几个人座？"

　　"哦，这个吴嫂来统计吧，试用期的就算了，不用来。"

　　"好的侯总，小刘正好也请假了。"

"请什么假？年假吗？那不如请一年假好了。"

"没关系的侯总，小刘不领工资，请多久的假对公司也没影响。"

"这样，作为新时代的领导，我做个决定，给小刘放一年假，在这一年里，小刘只要完成一单业务，我代表全公司欢迎他归队。"

工作群沉寂了几秒，噼里啪啦弹讯息。

"侯总这是有大将之风啊。"

"什么大将之风，秦皇汉武，不过如此，数风流人物，还看侯总。"

"一年做一单，我以为侯总是企业家，原来是慈善家，我想歌颂侯总。"

"多谢大家的夸奖，不敢当，我是这么想的，一年完成一单，如果做到了，那是微乎其微的成功；如果做不到，那是旷古绝今的失败。也好让小刘认清自己，早点规划下半生。"

刘十三深深吸了口气，打了一行字："这样不太好，一年的话，一千单吧。"

工作群再次沉寂。

刘十三又补了一行字："加上侯总安排的那一单，一千零一单吧。"

"刘十三，你有种，你要能做到，我这个经理的位置让给你。"

"那也不用，叫我一声爸爸好了。"

"我去你妈，你要不行，跪下来叫我爷爷。"

"开玩笑的，不跟你玩乱伦。做不到，我离开这个公司，也不待在这个城市了。做到了，不用你付出什么，这是我给自己的目标，跟你没关系。"

发送完最后一条，刘十三再也不看回复，手机锁屏，走到窗前发呆。

3

柴火灶台早就不用了，摆满瓶瓶罐罐，从胡椒到孜然，一应俱全。电磁炉炖着山药排骨汤，豇豆炒完了，王莺莺手持锅铲，站在煤气灶旁，聚精会神盯着一锅鱼。

这是泡椒江团！

抱着公文包的刘十三，本来打算辞行，奔赴远方去完成一千零一份保单，望见那锅鱼，不由自主咽了口口水。

家常做鱼，一斤半最方便入味。鱼身斜划七刀，刷一层料酒酱油，腹内涂盐，塞打结的葱、生姜块、蒜头，冰箱腌两个钟头。油烧八成热，先炸花椒，放鱼煎到两面金黄，倒进泡椒和一勺豆腐乳，加生抽、白糖、醋，中火烧沸，反复浇淋。半碗水小火轻煮，出锅的火候，就只有王莺莺知道了。

刘十三壮烈的心情，被一锅鱼搞得有点打折。

王莺莺说："快了。"

刘十三说："那我吃完再走。"

王莺莺说："你跑啊，我告你遗弃老人。"

刘十三惊问："要不要这么严重？"

王莺莺说："呵呵，我跪在天安门前告你。"

刘十三倒退一步，拍掌："精彩啊。我怕你？反正盗窃罪判不了几年！"

王莺莺一愣，说："你偷了多少？"

刘十三伸出手掌比画："五千。"

王莺莺上下打量他，说："不可能，钱箱一共才两千多，我刚数过。"

刘十三嘿嘿一笑，说："你钱箱锁起来了，我拿你床头柜里头的……"

话音未落，锅铲已经朝着刘十三砸过去。

院门砰地炸开，刘十三连滚带爬冲出去，站在门口喊："王莺莺你注意公众形象，我严重警告你，放过我行不行？"

一把漏勺飞出来，正中刘十三脑门，他捂着头喊："王莺莺，你多大年纪了，下手能不能有点轻重！"

王莺莺想想也有道理，下手还是太轻，拿出寒光闪闪的三叉戟，摆出杨戬二技能的造型。

这是叉腊肉的铁棍，已经属于正式武器，刘十三承受不起，二话不说转身就逃。

王莺莺这一追，连骂带砍，烟尘滚滚，在刘十三的惨叫声中，半里路一晃而过。

下课铃古老又清脆，刘十三蹲在围墙上，扭头一看是操场，被追到小学了。王莺莺拿铁棍当拐杖使，弯着腰气喘吁吁："你给我下来！"

刘十三说："下来就下来。"

他往围墙内一跳，爬树蹦上的墙，直接跳下去两米多，落地踉踉跄跄往前冲了好几步，依然站不稳，扑倒的过程中随手抓住个东西，摔得七荤八素。

脸部着地的刘十三疼到说不出话，艰难坐起身，才看到手里抓着块花布。

一群小孩刚准备解散，排成队傻傻望着他。刘十三抬起头，看见一双光溜溜的大腿，继续抬，看到一条内裤，再往上，看到气得脸色通红的程霜。

刘十三举起花布，迟疑地问："你的？"

程霜冷冷地说："对，我的裙子。"

刘十三递过去："那啥，好久不见，你还没死呢……"

程霜一把扯走，边套边说："流氓，他妈的流氓！你死定了……"

王莺莺举着铁棍，从校门口冲进来。刘十三慌慌张张地倒退，语无伦次："裙子我赔给你，但现在不是说话的时候微信转账都来不及我回头给你打电话……"

程霜拳头捏得嘎巴响，步步紧逼："你根本没我号码，你现在就赔给我！"

王莺莺大喊："你给我站住！"

程霜大喊："我打死你！"

刘十三看见王莺莺高举铁棍，一跃而起。程霜一拳带风，拳头在眼前放大，他只能紧闭双目，暴喝一声，"阿弥陀佛！"

4

半小时后，刘十三浑身无处不疼，龇牙咧嘴醒来，结果动弹不得，心中惨然：王莺莺，你终于把唯一的外孙搞成瘫痪，等你年纪大走不动，一老一少就这样躺在床上，四目相对，互相吐口水，你会不会后悔？

王莺莺不后悔，笑得十分灿烂："你醒了？来，小霜，我们捆紧点。"

刘十三定睛一瞧，人伦丧尽，自己被绑在椅子的靠背上。

刘十三怒斥："王莺莺，你在破坏我的前途！程霜，都是年轻人，你不要参与我们的家庭矛盾！"

程霜忙着翻他的公文包，掏出一沓文件，王莺莺凑近了观察，殷勤地说："这啥，我看他特别宝贝，被打成那样，还紧紧抱在怀里。"

程霜惊喜地说："外婆，他的业绩单，倒数第一啊！"

一老一少查阅资料，聊得起劲，程霜把他的失恋事迹也讲了，添油加醋，王莺莺沉思道："等于说，他在城里一无所有，工作也保不住，好事啊，你还回去干吗？"

刘十三发出冷笑："苦心人，终不负，三千越甲可吞吴。"

程霜一拍手："说到三千，我那裙子普拉达新款，三千，给钱。"

刘十三说："外婆，你劝劝她，我们家没有三千。"

王莺莺说："谁说的，我有的，但我不给你。"

程霜又翻公文包，摸出一本用东信电子厂内部稿纸订成的笔记簿。知道这是什么的三个人同时沉默，刘十三开口："我写到本子里去，只要放我回城，你们要什么，我都给。"

王莺莺说："我要你留下。"

刘十三说："换一个。"

王莺莺说："给我一千万。"

刘十三没想到王莺莺说换就换，咬牙说："好！"

王莺莺说："写上去写上去。"

外孙的笔记簿是神圣的，王莺莺一点也不怀疑，上面写下的每个字，外孙都会拼命。

程霜同样了解，喜出望外："快快快，外婆，我的裙子也写上去，你不会英文我来……Prada……"

面对里应外合的敲诈勒索，刘十三孤掌难鸣，认屄了："我开玩笑的，你们喜欢绑我，那就绑着吧，闲来无事，我跟你们讲个故事。从前有只金鸡，长大后能下金蛋，前途无量，一年能下出个阿富汗，谁知道金鸡的外婆急着过年，就伙同光屁股把金鸡给绑了……哎，你们戳我干吗，还戳我伤口！"

王莺莺叹口气："从小到大，你都要去城里，我也没拦着，但你总得让我放心啊……"

刘十三低头，小声说："我有很重要的事情，输了的话，我就真的一无所有了。"

5 /

桃树下三个马扎,听了刘十三的叙述,程霜义愤填膺,来回踱步:"又是那个小平头!"她裙摆撕破了条口子,晃来晃去,祖孙俩被她晃得眼晕。

程霜立定,一挥胳膊:"外婆,我们帮他。如果他被打垮两次,会有心理疾病,时间久了不孕不育。"

王莺莺也觉得这是大事,手中盘着鸡蛋,飞速思考:"回城吧,保险还是卖不掉……不如在镇上碰碰运气,全镇两万多人,一千零一份保险,基本全镇每家每户都要上门……就这么定了,中国人办事,靠的都是关系,十三的关系就在这里。"

刘十三说:"跟我关系最近的就是你,要不你先买一份。"

王莺莺破口大骂:"小王八蛋,我是你外婆!为什么要挣我的钱!"

程霜若有所思:"对,去找牛大田吧,他开赌场,赚的是不义之财,让他通通去买保险!"

牛大田开赌场?镇上最多只有棋牌室吧,等下,不义之财?牛大田发财了?刘十三正要说话,发现程霜拿着笔记簿又写字。

刘十三问:"程霜你干什么?"

笔记簿写好"工作拍档,程霜",她拿口红涂手指头,摁印,本子拍在刘十三胸口，雄壮地说："这是神圣不可动摇的计划，不抛弃，不放弃。一千零一份保险对吧，拼了。"

王莺莺摇头赞美："小霜担心你连牛大田都搞不定，铁了心帮你。你运气多好，有这么个朋友。走，小霜，去吃泡椒江团。"

刘十三浑身麻木，不知道是被绑得久了，还是太震惊。

6

大家一起吃了顿中饭，程霜介绍了自己为什么第二次抵达小镇，核心原因还是罗老师。罗老师提倡全面发展，改革学校体制，说服校长重视学生全面发展，暑期补习班增加了绘画。程霜自告奋勇，千里迢迢跑来做美术代课老师。

程霜放下碗筷，伸个懒腰，说："这里和十几年前没什么变化，真美啊，多活一天都是赚到的。"

刘十三说："那我跟你换个身份，你做当地人。"

王莺莺说："光屁股都被大家看见了，已经算当地人了吧？"

刘十三一听，觉得这话没法接，再看程霜怒气又要勃发，赶紧强行唠嗑："没有没有，她穿内裤的。"

程霜问："什么颜色？"

刘十三答："太美了，刺眼，没看清。"

程霜冷冷地说："久别重逢，开心吗？"

刘十三端着碗的手在发抖，说："开心。"

王莺莺左右瞧瞧，小声说："久别重逢，一上来就脱人家裙了，当然开心了。"

刘十三惊得碗掉了："不开心，但是特别温馨，那什么，温暖了整个夏天。"

程霜摸着下巴，思索道："这儿挺热的，我是不是晒黑了？"

话题转移，刘十三松了口气，夹了一筷子鱼肉，说："怎么会，你那么白。"

程霜说："紫色好像不适合我。"

刘十三说："挺好的，显得你腿更白。"

程霜说："你看得挺仔细啊。"

刘十三夹菜的手顿住，缓缓收回来，脑子疯狂转动。王莺莺见势不妙，往饭碗里连夹几筷子豇豆，偷偷溜出去。程霜去摸叉腊肉的铁棍，刘十三更加慌张，喊："王莺莺，你别走！"

王莺莺谄媚地对程霜说："家里有碘酒，不怕受伤，你往死里打。"

7

云边镇的暑假很悠扬，天再热，山涧水流永远冰凉，随便找一片树荫，就能睡一天。小学时刘十三和牛大田只穿短裤，到河里抓鱼，找王莺莺烧一锅杂烩，然后两人坐在院子里，啃着西瓜等晚饭。

初中念完，牛大田不再读书，要去铜锣湾找山鸡。刘十三告诉他，铜锣湾在香港，隔了一片海，于是牛大田拿了个车胎天天练泅水。

刘十三读高中，牛大田没去成香港，跑到安徽就被人拐走。犯罪分子本来想培养他偷车，谁知道他吃饭太厉害，犯罪分子给了他路费，牛大田又回到小镇。

刘十三盘算着牛大田的资料，略有懈怠。虽然生平以努力为己任，但战场风云变幻，转眼地图换到小镇，他一时间消化不了。

次日往街道中心地带而去，同行的程霜沿途不停嘀咕："牛大田素质低，说不定会动手，指望不上你。"

刘十三脸上满是创可贴，说："我和他青梅竹马，坦诚以待，问题不大。"

程霜背着手走路，一蹦一跳："人是会变的。"

紫色山岚即将沉淀，程霜六点下课，刘十三遵守约定，等她一块儿出发，还没找到牛大田已经黄昏。

以往的粮油站改头换面，铁门敞开，阴森森的。刘十三紧张起来，吞吞口水："牛大田什么情况？要搞赌场，柴房放个麻将桌，每桌收十块钱台费，不是简单多了。"

程霜鄙视他："你说的那个规模不叫赌场，叫老头乐。"

刘十三拖延迈步的节奏，说："仔细想想，牛大田在进行违法行为。我要跟他划清界限，今天就不去了。"

程霜抓着他往里冲："你们不是青梅竹马吗？如果他犯法，你就是同犯，进去进去，我们也赚点黑心钱。"

刘十三反手扣住她手腕，轻声说："打架了。"

路边一个中年妇女坐倒在地，头发散开，手还紧紧攥住一个男人的衣角，哭着喊："你别去，钱你拿走没事，但不能赌博啊……"

男人用力扯她的手："拿到了就是我自己的钱，关你屁事，滚滚滚。"

中年妇女咬着牙，死命不松手。男人作势要抽她耳光，看她眼睛一闭，他便也不动了，说："你这么下贱，当我求求你，以后别来找我了。"

中年妇女不吭声，只是哭，也不松手。男人额头青筋跳了跳，说："他妈的，你放不放手！放，不，放，手！"他说一个字，猛踹中年妇女一脚，四个字踹了四脚，终于把她踹开。

中年妇女满脸泥灰，用手擦眼泪的时候，就画出几道黑印子，哽咽着说："你怎么能说我下贱，我下贱吗……"

男人说："你知道我怎么看你的？"

他恶毒地盯着女人，却没说话，猛地吐了一口口水在她身上。

程霜捏紧拳头，就要上去，赌场走出保安，往外推那男人："毛志杰，他妈的你也够了，搞成这样今天别打牌了。"

毛志杰说："你干什么，不做我生意？"

保安说："这不天快黑了吗，赶紧弄你的大排档，别搞得大家没夜宵吃，明儿再来吧。"

毛志杰哼哼几声，骑着电瓶车走了。中年妇女颤颤巍巍站起来，保安看她一眼，摇摇头，递给她一瓶矿泉水，中年妇女连声感谢。保安说："一个镇上的，谢什么。你就别管毛志杰了，他这个人，没救。"

中年妇女把矿泉水砸回，说："怎么没救，要不是你们，志杰会这样？"

保安愣了一下，转身就走："我日，老子再也不管了。"

程霜搀扶那个女人，她勉强站稳，说："不好意思，那是我弟弟，让你们看笑话，对不起。"

程霜觉得匪夷所思，问："大姐，亲弟弟吗？亲弟弟怎么把你打成这样，我们送你去医院。"

女人摇头，说："不用了，谢谢你……"

刘十三看她颧骨都被踢肿，想摸纸巾给她，手掏进兜的刹那，突然认出来了。

"毛婷婷？婷婷姐？"

这张脸衰老许多。曾经的毛婷婷，公认全镇第一美人，开一间理发店。刘十三记忆中，她眉宇干净，顺滑的头发挂到肩膀，一丝不乱。如今两鬓染白，衣衫扑尘，脸上全是泥灰。

毛婷婷瞪大依然秀气的眼睛，一眯，笑起来："十三，你回来啦？"笑容牵动伤口，让她眼泪和笑容一起出现。

刘十三不知该如何反应，毛婷婷赶紧说："那，你忙你的，我先走了。"她慌乱离开，刘十三望着赌场大门，突然觉得，面前的路似乎比想象中艰难。

山风微微，像月光下晃动的海浪，

温和而柔软，停留在时光的背后，

变成小时候听过的故事。

在遥远的城市，陌生的地方，

有他未曾见过的山和海。

Chapter

7

未曾见过的山和海

1

七月的天色，哪怕黄昏都是清透的，脆蓝泛起火烧云，空气平滑地进入胸腔，呼吸带着天空的余味。小镇的街道狭长，十字岔路正中间有口井，偶尔来人打水，图一些凉爽。路过电影院，刘十三驻足了一会儿，七八级浅浅的石头台阶，一面斑驳的海报墙，贴着越剧团演出的布告。这一切唯独小镇有，它站在刘十三的童年，既不徜徉，也不漂流，包裹几代人的炊烟，走得比刘十三慢很多。

智哥曾经对刘十三讲解过流行文化，他说一线城市活在当下，二线城市落伍三年，其他的再落伍三年，至于县城小镇起码再落伍三年。潮流刚刚兴起，传播到山坳坳里，早就过气。智哥忧郁地说，正如浩瀚宇宙，你望见璀璨星光，满心沉醉，其实它穿越无数光年，你望见之际，说不定这枚星辰毁灭已久。

智哥坚定地说，我要逆光而上，追溯无数光年，去一线城市发展。

今天风有些大，刘十三心想，吹得阳光都开始晃。程霜拽着他，走进赌场，场内放着陈小春的《情流感菌》，装修风格恍惚间很熟悉，应该是牛大田直接从陈年港片获得的灵感。

牌桌明显不是统一购买，排列杂乱，满屋人头，挤来挤去，带路的光头保安问："你们找牛总？"

刘十三说："对，我俩小学同学，感情深厚……"他准备详细解释，光头保安却一下子相信了，热情地揽住他："牛总兄弟，就是我哥！这位……嫂子呗！哥哥嫂嫂，走亲戚的吧？有地方住吗？别去宾馆，来我家，宽敞！"

刘十三斟酌斟酌，想打听赌场讯息，还没开口，光头竹筒倒豆子全说完了："这儿粮油站改的，又高又平，冬暖夏凉。牛总本来做的是棋牌室，后来他发现这儿离派出所比较远，立刻起了邪念，允许大伙赌点钱。被扫荡过几次，牛总大力改革，直接发零食当筹码，一颗花生五十，一颗蚕豆一百，警察一来，就说桌上的是小吃，哈哈哈哈，这么好的地方，这么好的创意，牛总真是我们镇的风流人物。"

光头又说，牛总发达之后没有忘本，收留全镇无业青年做保安，他们感激不尽，准备给牛总建个牌坊。他眉飞色舞："广场那边有块现成的石头，我们连夜搬进来了，你们看！"

角落果然矗立着石碑，上面工整地刻着："节约用水。"右下方歪歪扭扭刻着："牛总万岁。"

程霜严肃地问："这是偷的吧？"

光头庄重地答："应该算捡的，摆在外面肯定是人家不要的东西。"

旁边一桌热火朝天斗地主，程霜啪地一拍桌子："牛大田在不在？"斗地主群众愤怒地瞪她，她毫无愧色："大胡子偷牌！"

群众唰地回头，大胡子讪讪捏张黑桃 A，藏也不是，扔也不是，略尴尬。群众正要掀桌，程霜又喊："牛大田究竟在不在！"

群众顿时混乱，不知道先掀桌子好，还是先回答她好。程霜重重叹口气："赌博的人脑子都不好使吗？"

程霜侮辱全场，刘十三惴惴不安，一瞬间思索了许多，凭什么啊？长得好看就可以没素质吗？虽然的确可以，但别人在赌博，带着钱来的，有钱的人更没素质，她不怕被打吗？

看样子她不怕。

刘十三温和地说："你看，我们来做客，安安静静跟着保安去找牛大田，搅了人家的局多不好。"

程霜小声说："可我就是去搅局的啊。那个老头已经输得快中风，他右边男人拿着女式钱包，估计偷了老婆。还有你没听见，那位大嫂打电话，明显在骂自己家小孩，晚上没饭吃让他们赶紧睡觉。我知道根本阻止不了，每天这些场景都会重复发生，但今天我来了，我乐意，我要去做。"

刘十三说："我也乐意，我也想报警把他们抓起来，可我并不冲动。为什么？因为成年人做事要考虑后果。"

程霜说："你不用惭愧，不用给自己找借口。我跟你不一样，我没时间去想太多。如果每件事情都算来算去，那么等到想明白，可能就来不及做了。"

被她这么一讲，捣乱变得很伟大。

2 /

光头保安把他们带到经理室，推开门汇报："牛总，你小学同学到了。"

面前是放大版的小学同桌，衬衣西服撑得鼓鼓囊囊，脸大嘴大，手短脚短，盘腿坐在沙发上啃玉米。牛大田一愣神，丢下玉米，西服衣襟擦擦手，一脚踩进塑料拖鞋。

刘十三张开怀抱，牛大田张开怀抱，两位发小欢笑着迎向对方。望着圆头圆脑的牛大田，往事激荡心头，刘十三几乎流出热泪。两人互相走了几步，刘十三刚要说话，牛大田笔直地穿过他身侧，紧紧抱住程霜，呜咽着说："是你吗……我……"

他话没说完，圆滚滚的身躯嗖地飞起来，被程霜一个完整的过肩摔，砸平在地面。

刘十三连忙按住杀气四溢的程霜，牛大田仰面躺在地上哼哼唧唧，爬不起来。

光头保安训练有素，掏出对讲机："洞三洞三，我是洞七，卡布奇诺洒了，招呼兄弟们都过来马杀鸡。"

刘十三听懂了暗号，赌场出现状况叫"卡布奇诺洒了"，至于"马杀鸡"可能是要动手的意思。

牛大田喊："不用不用，误会误会。"说完摇摇欲坠地站起身，脸上还带着笑意。刘十三有点震惊，牛大田要有一颗多深沉的心灵，才能在被打之后还露出色眯眯的微笑。

牛大田说："程霜啊，你力气真大，这都多久没见了，哦，旁边这位是你表叔吗？"

刘十三再次震惊，自己发育得太英俊了吗？牛大田认出了程霜，然而认不出他。他只好指着脸说："是我啊，刘十三。"他的指点引发牛大田的记忆，做出若有所思的表情。

刘十三想到一首诗，若再见你，时隔经年，我将以何致你，以眼泪，以沉默。

牛大田选择以我了个去！

"我了个去，刘十三，你不是在西班牙发大财买海岛了吗？飞回来多久？"

"我了个去，王莺莺说的话你都信！"

"这么说你没钱？"

"当然很穷了！"

牛大田哈哈大笑，气氛转眼亲热起来，刘十三忍不住猛拍牛大田的肩膀。他以为这是情感的表达方式，犹如往昔。结果牛大田冷笑看着他的手，掏出对讲机："洞三洞三，我是洞八，卡布奇诺洒了……"

刘十三立刻举手投降，牛大田冷笑着收回对讲机。

程霜说："刘十三，他知道你穷之后，气势都变了。"

"怎么个变法？"

"本来看你像朋友，现在看都不看你。"

刘十三记起以前智哥的理论，一下子明白了。牛大田现在是成功人士，刘十三现在是失足青年，即便血浓于水，也会被这个差距拉开。

"牛总真会开玩笑，牛总坐，我今天过来有事拜托你。"他尽量自然地拿出保险合同，尽量忽略身边程霜的目光。

那目光太疑惑，看了会心酸。

牛大田翻翻纸："程霜，你俩怎么在一块儿？"

刘十三说："你看的那份，叫重大财产保险，最适合家大业大的人。"

牛大田说："前几天听说你回镇上小学，当代课老师，本来想去看你，太忙了，一起吃饭？"

刘十三说："下面那份，叫员工保险，你洞三洞七那么多员工，肯定需要。"

牛大田说："要不就现在吧？"

刘十三终于发现，牛大田对程霜的兴趣远远超过保险，只能最后一搏。

他把合同交到程霜手上，真诚地说："搭档，你来跟客户沟通比较好。"

程霜没接，震惊地打了个嗝："你看不出来他在调戏我？"

"看得出啊，这有什么呢？要不是怕你打我，我也调戏你。"

"我不愿意出卖美色。"

"你除了美色还有什么可出卖的？"

程霜想了想，可能真的觉得有道理，拿保单递过去："牛总，你要是签了保单，我陪你吃饭。"

"多少钱？"

"三千一份。"

牛大田一听，掏出了对讲机："洞三洞三，这里是洞八，卡布奇诺洒了……"

程霜见势不妙，赶紧按下对讲机："你不买可以，为什么喊人？"

牛大田气愤地说："我本来只想请你吃个串，你却要我三千块。以为你还是赵雅芝吗？呸！我已经不喜欢赵雅芝了！"

程霜后退一步，快速小声对刘十三说："糟糕，没想到我只有烤串程度的美，卖不掉保单。"

刘十三说："问问自己，尽力了吗？"

刘十三下半句是，尽力就没有遗憾，谁知道程霜双眼一亮，猛站起来："对！我还有办法！牛大田！你不签保单，我报警抓你，扫了你的赌场！"

牛大田操起对讲机，大吼："洞三洞四洞五洞六洞七！铁观音洒了！"

门轰然打开，赌场保安争先恐后拥入，刘十三一眼扫过去，发现基本认识，小学班级倒数几名，没想到成年后还不离不散。

他们也认出刘十三，双方生硬地打起招呼。

"十三，回来啦？"

"回来了回来了，吴益你长胖了。超哥！哎呀，超哥！现在不方便，不然我真想抱抱你！"

"不方便不方便，你别过来，就这样挺好。"

小学聚会被牛大田破坏，他挥动双手："抓住这两个！他们要报警！"

保安们纷纷犹豫，脚步挪动得很碎很迟疑。刘十三有点感动，这帮人比牛大田懂得感情，可能因为也很穷的缘故。他缓缓收拾保单，捋齐，说："不记得我，没关系，不认我这个兄弟，也没关系。算了，说这些没意思，大家都挺失败的，我连个保险也卖不掉，够失败了吧？以为你比我强点，结果你就在镇上骗骗父老乡亲的钱，不觉得可怜吗？"

保安们上来劝："少说两句，牛总生气了，万一真打起来怎么办？"

刘十三整理好文件，拉拉程霜："走吧。"接着望了眼小学同桌，说："牛大田，你真没劲。"

牛大田猛地跳脚，吼："别喊我牛大田，我叫牛浩南！我爹没文化，他妈的我自己不能改名字吗？就他妈老觉得我没文化是吧？上过大学有多了不起！别他妈的再喊我牛大田，我叫牛浩南！"

刘十三说："好的好的，牛大田。"

牛大田额头青筋凸起，拳头握得咯吱咯吱响："你再喊一遍。"

刘十三说："好的好的，牛大田。"

牛大田一个箭步，揪刘十三的衣领。程霜抓他手腕，过肩摔没摔成，保安们全部扑上来，屋子里鸡飞狗跳，乱成一团。刘十三后脑勺吃了一拳，头晕眼花，跌跌撞撞滑倒，挣扎着想爬起来，保安们死死压住他。

刘十三不能动弹，嘴里还在喊："牛大田！你偷校长家的鸭子！牛大田，你烧镇长家的茅房！"

程霜去掰保安的胳膊，说："松开，你们给我松开。"

牛大田说："你再喊一遍。"

刘十三说："牛大田。"

牛大田说："揍他。"

程霜举起一张纸，喊："牛大田，你要不怕被抓，就老老实实放我们出去。"

牛大田气得笑了："我今年二十四岁，生平第一次看到有人用保险单来威胁我。"

那张纸四四方方，洁白纤薄，举在程霜手里微微晃动，她喊："睁大你的牛眼，看看清楚，这是张病危通知书！"

听到病危通知书五个字，全场集体没了声音，大家不知道和当下有什么联系，只是觉得这五个字很可怕，似乎不能轻举妄动。

场面安静，只有程霜发言。

"上面写得很清楚，我这个病情绪不能激动，肢体不能遭受剧烈碰撞，万一我内出血死在当场，你，你，你，你，还有你，你们都是杀人犯！"

牛大田张张嘴巴，说不出话，程霜指着他，气势逼人："牛大田，你是主谋！关进去两个月就枪毙！"

牛大田惊呆了，摸摸下巴，肚子上的衬衣扣子绷开一颗，他顾不上捡："你不早说，这是怎么了，真的假的……"

刘十三傻傻望向程霜，她脸蛋红扑扑，努力保持庄严和郑重，穿着王莺莺替她补好的裙子，针脚藏进内侧，几乎看不出来。

一滴汗滴到眼角，程霜偷偷擦了擦，依然高举自个的病危通知书，跟革命斗士一样壮怀激烈，全场被她唬住。

刘十三心里一阵疼，空空荡荡地疼，茫然起身，推开保安，从程霜手里拿过去那张纸，看得清楚，医生盖章，签名，医院盖章，严谨真实。

原来她从来没有撒谎。

程霜随时会死的。

牛大田说："那啥，你们愿意喊我啥，就喊我啥吧。对了，肚子饿不饿？洞三洞三，去买点烤串回来……"

3 /

那年暑假，所有植物的枝叶，在风中唰唰地响，它们春生秋死，永不停歇。

田野边的小道，少年骑一辆自行车，载着女孩。

女孩说："我生了很重的病，会死的那种。我偷偷溜过来找小姨的，小姨说这里空气好。"

女孩还说："我可能明天就死了，我妈哭着说的，我爸抱着她，我躲在门口偷听，自己也哭了。"

女孩声音很低很低地说："所以你不要喜欢我，因为我死了你就会变成寡妇，被人家骂。"

刘十三没有回应，因为背上一阵湿答答。那么热的夏天，少年的后背被女孩的悲伤烫出一个洞，一直贯穿到心脏，无数个季节的风穿越这条通道，有一只萤火虫在风里飞舞，忽明忽暗。

4 /

电影院小小的，程霜坐在门前台阶上，路灯打亮水泥地，墙角满满簇簇的月季花，她说："小镇太温柔了。"

刘十三和她并排坐，挠挠头："怎么会温柔，刚刚还打架。"

程霜仰起脸，月亮挂在半空，小镇背倚起起伏伏的峰峦，山形边缘浮动银白色。附近几户人家菜香飘过来，她闻了闻，陶醉地说："土豆炒鸡块吗，还有青椒味儿。"

"明天让王莺莺给你做。"

程霜回过头，眨巴眨巴眼睛："所以说，小镇多温柔啊。"

看程霜那么轻松，刘十三接不住。他面对一个随时可能消逝的女孩，不知道该怎么聊天。生命这个话题，对刘十三来说过于宏大，无从聊起，最多聊一些众所周知的哲理。他是有困惑的，四年级开始，到昨天到今天，面对面了，可以问什么呢？你要死啦？还能活多久？医生怎么说？他想，可笑，问什么都无能为力，简直可笑。

程霜伸个懒腰，说："这玩意儿我多了去。"

"什么？"

"病危通知书啊，从小时候到现在，我收到过很多次了。"

刘十三接不住，他甚至想不到应该怎么反应，只能死死盯着墙上露出的红砖，脑子空白。程霜看他一直沉默，问："明天继续吧，一定要拿下第一单，有没有信心？"

刘十三走神中，皱着眉头，盯着红砖。

程霜大怒，踹了他一脚："你搞什么鬼，不就是弄砸保单吗？还给我脸色看！"

刘十三说："我没给你脸色看。"

程霜欣然说："没给就好。路口那家面馆不错，我们吃面去。"刘十三还没解释完，她已经往面馆走了。猝不及防的刘十三跟在后头，浮想联翩，谁找程霜做女朋友，生活多么轻松呵！比如，"你跟那个女孩什么关系？""朋友关系。""朋友就好，我们吃面去。"

再比如，"你白天为什么不理我？""我要工作。""工作就好，我们吃面去。"

5

面馆的年纪，比刘十三大。能成为老店，说明它已经成为人们的生活习惯，每一道工序，都是为当地人的口味服务。机器轧的挂面，沸水中一搅，操进汤碗，加浇头。红烧大肠、葱油大排、梅干菜肉丝、香油荠菜、青菜牛肉，通通八块一份，送煎蛋或水潽蛋任选。

两人实在饿了，端着浇头堆起来的面，屋里几张桌子客满，等不到座位，找个角落蹲下来开吃。程霜扎紧马尾辫，也不管穿的是裙子，蹲在那儿筷子舞得飞快，含混不清地说："真好吃，哈哈哈哈，赚到了……你别拉我裙子！"

"你说什么？"

"我说，别拉我裙子！"程霜怒火熊熊，一转身，发现刘十三蹲在几步外，并未动过，一脸无辜地吃面。

刘十三头扭过来，目光逐渐惊恐，面卡在嘴里，顺着他的目光，程霜低头，看见一只小手，一双含着泪光的大眼睛，委屈到噘起的小嘴，冲她弱弱地喊："妈妈。"

整个面馆突然沉寂，轰然爆发一阵叫好声。刘十三听到脑后传来打击乐，老板用汤勺敲着锅边，为欢呼打起拍子。

场面太诡异，程霜一手小心翼翼地扯回裙角，一手端着面碗，语无伦次："嘎哈嘎哈你嘎哈？"

小女孩再次开口，带着哭腔："妈妈，我饿。"

刘十三倒吸一口冷气。一切有了解释，程霜为什么东奔西跑，为什么再回小镇，原来她亲生女儿在这里。她逃避到天涯海角，还是逃不过自己的良心！母女相遇了，可悲啊，也不知道这孩子的父亲在哪里！

小女孩又怯生生对他喊："爸爸。"

刘十三浑身一震。

小女孩继续说："爸爸，我饿。"

她渴望地看着刘十三的面碗，里面躺着半块大排。刘十三慢慢把碗递给她："孩子，饭可以乱吃，话不能乱说。程霜，你负点责任，让她叫我叔叔。"

小女孩甜甜一笑："谢谢爸爸，爸爸最好了。"说完凑过来，在蹲着的刘十三脸上吧唧亲了一下。

老板"哐"地一敲汤勺："恭喜你们，一家团圆！"

小女孩的戏十分饱满，她踮着脚，夹起半块大排放到程霜碗里："妈妈先吃。"

程霜手里的碗抖得很厉害，说："小朋友，我不是你妈妈。"

刘十三说："她可能不是你的妈妈，但我一定不是你的爸爸！"

小女孩惊慌失措，嘴巴一扁，泪珠滚滚："爸爸妈妈又不要我了！你们真的不认识球球了吗？"人物连名字都出现，事情更加郑重了。全体顾客和老板唉声叹气，仿佛程霜和刘十三真的抛弃骨肉。

一桌中年男女加了份咸菜，激情评论。

中年男说："作孽啊。这两个小年轻心肠真硬。"

中年女说："你心肠软，你去把小孩领回来。"

中年男说："你看你看，他们认祖归宗的大喜日子，你发什么火，吃面吃面。"

刘十三冷笑，全部站着说话不腰疼，坐着说话更快乐，事到如今，趁大家都在关注程霜，自己躲远点比较好，哪知程霜在舆论旋涡中，紧紧抓住了他："现在不开玩笑，这真不是我孩子。"

刘十三问："那你孩子在哪里？"

程霜气到打嗝："我没有孩子！"

刘十三说："姑且相信你，你先拖住，我去买个单。"

阴险的刘十三奔向门口，裤管被人一拉，他朝下看，叫球球的小女孩无情地开口："爸爸，不要走。"

程霜差点乐出声，两个受害者轮流幸灾乐祸，一点解决的办法都没有。球球左手拉刘十三，右手抱程霜大腿，毕竟年幼，控制不好演技，笑得眼睛都眯起来了。

刘十三明白了，这小女孩是个诈骗犯，而且是个惯犯，现场其他人显然早就知道这点。他平复心情，绝地反击，对球球说："一起走一起走，该回家了。"说着抱起球球，大步流星。

围观群众不由得担心："真带走啊？"

"球球有危险。"

"咋这样呢？平时给个十块钱就完事了。"

中年男长叹："造孽啊！"

中年女一摔筷子："我看你今天是非常活跃了！"

6 /

街上行人不多，天光幽幽，可以听见自己踩落青砖的脚步声。程霜围着刘十三转，问："真的接回家？"

刘十三把怀里的小女孩托了托："那当然，白送的小孩谁不要。"

球球慌了，挣扎着拳打脚踢："我警告你们，拐卖儿童是要枪毙的，旁边就是派出所，你们别乱来！"

刘十三径直往派出所走，球球傻眼。

云边镇派出所岗哨亮着灯，刘十三跟扫地大爷打个招呼，走进一楼。换成本地民警，大概很快能判断情形，可惜今晚值班的是个外地新人，调职过来不到半年。

按照新人民警的初始判断，这是一家三口，男人无知，女人幼稚，小孩眼圈红红受尽委屈，发生什么比较明显。他合上记录本，决定开始调解家庭矛盾。

球球眼睛亮了，局面混乱，跟"狼人杀"很接近。原本屠边局，两个神一匹狼，狼稳输，但突然出现村民，村民还是个白痴，事情就有转机。

新人民警随便问问，"你们俩什么关系？"

球球强势发言："爸爸妈妈的关系。"

新人民警了然："夫妻关系是吧？"

刘十三试图挽回："你别听这个小骗子的话，我跟她普通朋友……"

球球补充发言："他们吵架了。"

新人民警同情地摸摸她的头，说："那就是有矛盾的夫妻关系对吧。"

刘十三心急如焚，神经病啊，查查户籍水落石出，非要聊天谈心。他摸出身份证，塞给民警："道理讲不清，不如看事实，我用身份证担保，我说的是实话！"

程霜按住刘十三，他现在特别混乱，已经是个猪队友了。

程霜条理清晰地分析："警察同志，我俩关系问题不重要。这孩子拉着我们喊爸爸妈妈，可我们的确不认识她。要么认错了人，要么在开玩笑，但她的真实父母，这会儿一定很着急。"刘十三拼命点头。

新人民警没被说服，还生气了："大人吵架，不要往孩子身上撒气。你们先别说话，冷静一下。"

本来很冷静的，程霜手一抖，差点把刘十三的胳膊捏碎。

新人民警用最亲和的语气问："小朋友，你爸爸叫什么名字？"

球球说："刘十三。"

刘十三疯了，她什么时候知道了自己名字？

新人民警换了副严肃的面孔："那你呢，叫什么名字？"

刘十三断然说："我叫刘阿平。"

新人民警一拍桌子："你身份证上明明写的是，刘十三！"

什么身份证，对，自己刚刚硬塞给他的，刘十三呆若木鸡。

新人民警喝口茶，放下杯子："情况嘛，我已经很清楚了。"他真诚地抱起球球，说："你们放下对各自的仇恨，打开父母的心，看看这孩子。"

两人看球球，她咧嘴一笑，笑得飞扬跋扈。

新人民警动情了："哪怕，我说哪怕，你们要抛弃她，她依然这么懂事，连哭都不敢哭。你们这些年轻的父母，只顾发泄情绪，会带给孩子多大的童年阴影！我外地来的，老家经济水平不高，小时候爸妈也经常吵架，吵得凶了，打起来，家里东西都给砸了。我躲在阳台，捂着耳朵，一直哭一直哭，别看我现在没事，晚上还会做噩梦，喊，妈妈别哭了，爸爸别打了！"

新人民警越讲越酸楚，程霜和刘十三越听越悲哀。

刘十三做最后的努力："同志……"

新人民警噌地起立："我夜夜惊醒啊！再看到一个孩子在重复我的悲剧！你说我能忍吗？"

两人赶紧摇头。

新人民警说："你们记住，我叫闫小文！再让我看到你们遗弃儿童，我保证严格执法，法不容情，先扣你们！关押二十四小时！听到没有？"

两人赶紧点头："听到了听到了！"

新人民警重重顿了茶杯，用手指点着两人："回去不准吵架！有空我去家访，这孩子说你们一句不好，先扣你们！关押二十四小时！听到没有？"

"听到了听到了。"

"还不赶紧带孩子回家！"

7

小镇有院子的人家，都是矮墙，墙头会装几盏灯，照亮路灯照不到的地方。高高的电线杆上段，用铝圈箍着，也装着白炽灯泡。电线的影子投在路面，各户墙下都开着花，看家的狗懒洋洋地坐在门槛边，偶尔叫几声。

球球趴在刘十三的后背，头枕着他的肩膀，手拿程霜刚买的巧克力，志得意满。

球球说："妈妈，我想听故事。"

程霜憋了一会儿，说："从前啊，山里有只小熊，遇到一群小白兔。你猜怎么着？"

球球的声音含含混混："怎么着？"

程霜说："全部都死了。"

刘十三吓了一跳："你这么说不太好吧？"

程霜努了努嘴，刘十三侧头一看，小朋友折腾累了，已经睡着，发出细细的呼声。

刘十三摇摇头："现在怎么办？"

程霜打个哈欠："这么晚，你先带回家，明天再说。"

刘十三当场反弹："小孩先找的你，你是她妈，要带你带。"

程霜迅速拒绝："明天上课，我没时间，妈怎么了？她还叫你爸呢！"

两人声音有点大，球球蒙眬醒来，揉着眼睛说："爸爸妈妈不要吵架，球球害怕。"

两人赶紧低声下气："不吵不吵。"

球球的声音越来越小："爸爸妈妈都在，球球好幸福。"小到听不见，又睡过去。

程霜说："这小孩挺可怜的，也没大人找，你带回去问问外婆。"

"这会儿王莺莺应该睡了。"

"不能明天问啊？"

刘十三只好认栽："行。"

球球说梦话："爸爸。"

刘十三颠了颠背，稳稳托住她，回答："在呢。"

8 /

刘十三挑了件短衫，再将睡裤从膝盖剪开，叠好放进浴室，给球球放水洗澡。他轻轻拍了下她的头，球球睡眼惺忪地嘟囔：

"大人的衣服太难看了。"

"少啰唆。"

刘十三带上门，洗了她的小衣服，晾好，明早会干。球球洗完澡，穿得极不合身，短衫都快拖到地上，她爬到刘十二的床上倒头就睡。

桃树下的竹椅，搁着王莺莺忘记收的烟盒。几颗果子随风微微地摆，蛐蛐儿鸣叫，不知谁家放电视剧，声音低低传来，听不清楚。厨房门开着，灶台上用盘子倒扣一碗红烧肉，算留给他的晚饭。刘十三撕开保鲜膜，把碗包了包，放进冰箱。

找了顶蚊帐，四尖吊在桃树枝，罩住竹椅。刘十三冲个凉，带着拎包钻进去，舒服地一坐一靠，捧起吴嫂送的保险教材，一盏小灯就够，院子很亮。

他读了一会儿，想寻支笔，却翻到一张字条，大概是从他的人生目标计划本里掉出来的。

两年前，字条掉落火车的铁轨，他拼了命才追回，上面写着一串数字，他背得滚瓜烂熟，但从来没敢用手机拨通。

手机备忘录有一页，他修修改改了一段话，总觉得某天会发送到那个号码。第一个月写了很长，第二个月删掉了些，第三个月索性重写，最长的时候他写了三千多字。

两年过去，删删减减，这页备忘录只剩四个字。

你还好吗？

不是想说的话越来越少，是刘十三发现，能说的话越来越少。甚至这四个字，也彻彻底底多余。

二〇一二年冬至，深夜的 KTV，同学们喝醉了，他一直望着牡丹，牡丹一直望着屏幕。他深呼吸，问："是不是我不够好？"

牡丹说："你很好，用功，刻苦，你很好很好了。"

他说："你不喜欢的，我可以改。"

牡丹说："你真的很好，没法改，时间不对吧。"

他说："哪里不对。"

牡丹说："将来你会成功，拿到属于你人生的第一次成功，那时候，你不仅仅是好，而且是对。"刘十三听不懂。在他愿意为爱情付出一切的年纪，却没有什么东西可以付出。等他明白这个道理，二〇一二年的冬至，早就遥不可及。

KTV 外，大雪纷飞，那么深的夜，雪花应该把情侣们走过的脚印，坐过的台阶，路过的草地，留在某条街的眼泪，都覆盖了吧。

手机振动，刘十三收好字条，看了看微信群。

"小刘啊，是不是今儿一天就完成九百九十九单啦，好歹汇报一下。"

"这么晚了，侯总还在关心员工业绩。"

"绝对优秀，近乎伟大。"

"既然都没睡，我给大家发个红包吧，也作为对小刘的鼓励。一年说长不长，共同努力，创造未来。"

"给侯总磕头！"

刘十三攥着手机，原来属于他人生的第一次成功，如此艰难，如此荒诞。

回复毫无意义，最多再被羞辱几句，他拿起保险教材，认真读了下去。

9

手机振动，迷糊的刘十三揉揉眼看，程霜发的："万事开头难，别放弃啊，加油！作业批到半夜，明儿我一放学，就去找你，铁定拿下第一单！"

刘十三打了一行："我不是那么容易放弃的人，不过你怎么比我还拼……"

他打字的时候，微信上面显示，对方正在输入，于是等了等，想等她说完。结果等了一会儿，收到几个字："困死我了，晚安。"

刘十三删掉已经写好的，也回了条："晚安。"

被外婆绑回故乡的第二天，不知不觉结束了。

山下的小镇好像被藏进了山里，盖着天，披着云，安静又温柔。是的，温柔。刘十三坐在竹椅上，睡着之前心想，程霜说的似乎有点道理，真的很温柔。

山这边是刘十三的童年，山那边是外婆的海。山风微微，像月光下晃动的海浪，温和而柔软，停留在时光的背后，变成小时候听过的故事。

这是他曾日夜相见的山和海。

在遥远的城市，陌生的地方，有他未曾见过的山和海。

等待而已，

也叫努力？

是在等别人离开，

还是在等自己放弃？

Chapter

8

水带走的消息，

风吹来的声音

1

大清早，蝴蝶满院子扑腾，刘十三在桃树下睡了一宿，思绪混乱。王莺莺看到球球并没有惊奇，刘十三松了口气，如果王莺莺认识小骗子，接下来就好办了。

这是他的一厢情愿。

"他是谁？"

"爸爸。"

"那我呢？"

"外婆。"

"不对，我是爸爸的外婆，那你应该叫我什么？"

球球大惊，包子叼在嘴里，掰开手指念念有词，没找到合适称谓。

王莺莺说："爸爸的外婆呢，叫太婆。"

球球立马跟进："太婆。"

王莺莺笑眯眯地说："对，乖囡。"

刘十三刷着牙，嘴里喷出泡泡："哪边对了？我又不是她爸爸！"

"别人喊你爸爸你不高兴？那你打算什么时候当爸爸？你能当爸爸吗？"王莺莺一脸惊奇，逻辑清晰，发出灵魂三问。

刘十三不能服输，挥舞牙刷："我为什么不能！"

王莺莺喝了口豆浆，冷笑："那你有本事试试。"

球球啃了口包子，冷笑："没本事就算了。"

一老一少吃饱喝足，齐齐冷笑，看起来真像一家子。

把王莺莺拖到竹椅上，用蒲扇给她扇风，刘十三严肃中透着谄媚："你不要胡搅蛮缠，到底知不知道这小孩谁家的？不送回去，她会赖着，吃你的用你的，还告你拐卖儿童。"

王莺莺说："那就这样吧。"

什么叫那就这样吧，王莺莺是不是老年痴呆！刘十三气得扔了扇子，呼哧带喘说不出话。球球贼头贼脑跟来，扯扯他衣袖："爸爸，我不是白吃白用的，球球很能干，你有什么事，我都可以帮忙。"

刘十三说："走开！你这个骗子！"

王莺莺嚓地点着一支烟："哎？你不是卖保险的吗，带个小孩一块儿卖，人家心一软，说不定就答应了。"

刘十三看看王莺莺，又看看球球，突然怀疑她们其实早就认识，自己掉进了一场阴谋。

院门砰地推开，程霜风风火火闯进："外婆早上好，外婆太美了，特别有气质。"

球球举起一个包子："妈妈吃早饭。"

程霜接过来，怒目圆睁刘十三："你这个人，怎么婆婆妈妈的，一点小事都解决不了，简直不思进取。"

"我怎么了！"刘十三正在打理文件，整个人爆炸，放下公文包，准备还嘴。人家没给他反击的机会，王莺莺叼着烟卷始盘货，程霜抓了包子油条，拔腿就走："我去上课，放学再来，外婆再见。"

2 /

时隔多年，镇上除了一些家传的老门面，开起烤肉店、寿司店、奶茶店，甚至还有家独立设计师服装店，不知道是哪家孩子学成归来，脑子发昏开在这儿，带起一波败家的节奏。

王莺莺说，前几年镇上花了大代价，铺设下水道，家家户户用上抽水马桶，终于不再往沟渠排污，保住了河流。垂柳轻扬，小镇依然明亮清秀，越住越长寿。

这些刘十三感受不到，他并不是观光旅行的文艺青年，望着街边的灰墙黑瓦木门，心中嘀咕，能找到数量足够的乡亲，卖掉一千份保单吗？

刘十三和球球并排走路，一高一矮，球球奋力跟上脚步，说："你找牛大田啊，现在九点半，他不会在赌场的。"

刘十三将信将疑："你知道他在哪儿？"

球球嗤笑一声："不然你以为呢？难道我们的相遇是个偶然吗？"

这孩子电视剧看多了吧，说话这么文学。刘十三忐忑地问：

"不是偶然吗？"

球球说："就是个偶然。"

刘十三无言以对，随着球球掉头。

全镇人民陆续起床，上班的上班，游荡的游荡，年纪大些的捧着饭碗，看刘十三跟在小不点后面亦步亦趋，吃得津津有味。

小不点背着双手，老气横秋："其实全镇最有钱的不是牛大田，是你们隔壁老李。别看他整天修修破表，柜子里一块就值好几千。胡瓦匠老婆生意做大了，看不上他，两人正在闹离婚。曾继媛厉害，全家都听她的。刘刚不声不响，偷偷把货车赌输了。狗品见人品，曹伟怡养的大黑狗那么凶，长大肯定嫁不出去……"

刘十三愣愣说："你天天听八卦，不用上学吗？"

球球高深莫测："我不喜欢上学。"

刘十三问："十一的平方等于多少？"

球球一反常态，沉默不语，刘十三再问："ABCD 后面是什么？白日依山尽的下一句呢？"

球球恼羞成怒："你要不要找牛大田了？不找我回去继续睡觉。"

刘十三乐不可支，小东西看起来无所不知，但一点文化都没有！可惜啊，就算知道胡瓦匠夫妻闹离婚，对以后找工作有什么帮助呢？还不是每三个月换一家单位度过试用期。

刘十三兴致勃勃，说："别不好意思，等第一份保单成交，我送你个书包，最新款，你自己选。"

球球斜着眼，狐疑，"真的？"

刘十三说："我骗小孩子干什么。"

球球立刻要求拉钩，刘十三伸出手，球球认真地用自己小手指钩住，又费力地让大拇指跟刘十三的对上，努力摁了个印。

刘十三看她那么虔诚，突然想，她不会真的没上过学，也没买过书包吧？那双大眼睛里的渴望，比看昨晚那碗面更加强烈。

球球美滋滋："说好买书包，拉钩上吊一百年不变。"

刘十三表示同意："好，拉钩上吊一百年不变。"

球球一挥小手："行了，现在保险单这个事啊，包我身上，出发。"

3

储蓄银行门口，球球拉住刘十三，做了个"嘘"的口型，两人藏在树后面。这里以前是供销社，童年刘十三放学后，跑到供销社营业部，趴在地面，用长尺搜刮柜台和地面的一条缝，平均两三天能刮出来几块钱。

供销社推平，储蓄银行建立，可惜里面存的钱没有一分是自己的。刘十三正在感慨，球球说："来了。"

一个女孩身穿银行职工的衬衣，脖子系着丝巾，短发，白皮鞋，拎着袋子，从街道另一头走来。刘十三刚想问这是谁，发现女孩身后不远处，有人畏畏缩缩跟着。

球球努努嘴："喏，牛大田，妈的胆小鬼。"

刘十三犯了嘀咕，牛大田昨天不可一世，按照他的作风，喜欢一个姑娘，应该直接强抢民女，怎么扭扭捏捏的？

球球尽职地解说："走在前面的叫秦小贞，本镇大学生，估计和你一样，学校一般，城里混不下去，回来了，在银行做柜员。牛大田这个狗贼，好像暗恋她。"

刘十三点头，果然是暗恋，暗恋只能跟踪。此刻他太好奇了，把保险单忘到九霄云外，问："秦小贞呢？她喜欢牛大田吗？"

球球叹口气："你们男人啊，难道看不出来？"

刘十三愤怒："放屁，我肯定能看出来。"

他看了一会儿，秦小贞面色平静，走进银行，一次头也没回过。刘十三大惊："我真的看不出来！"

他问球球："那你们女人能看出来吗？"

球球微笑回答："我是女孩，不是女人。"

刘十三死了跟她对话的心，牛大田走到银行门口，停步，躲在另一棵树后面。

行人不多，街边一丛丛栀子花，矮矮的，清香扑鼻。刘十三盯了半晌，快忍不住说话，牛大田行动了，迈出一大步，停顿，似乎在擦汗，接着猛地冲向银行。

银行门口出现人影，秦小贞走了出来，依然拎着袋子。说时迟那时快，冲向银行的牛大田一个急转身，人体漂移，跟跟跄跄踩空，滚倒在地。

秦小贞喊了声："喂。"

牛大田翻身跳起，站得笔直，若无其事，"没事没事，你好你好。"

秦小贞手一伸："拿着。"

牛大田下意识接过去："什么？"

秦小贞说："周末去看越剧吧。"

牛大田说："啊？"

秦小贞说："戏院贴了海报，茅式唱腔的，《五女拜寿》，一起去看。"

牛大田指着自己鼻子："我吗？"

秦小贞说："票都给你了。"

牛大田面色如常，说："好的。"说完转身就走，没走几步，腿软了一下，赶紧去扶树干，喘了几口气，腿又一软，彻底瘫倒。

秦小贞还想说几句，结果牛大田已经瘫在路对面，她笑了笑，拎着袋子，转身进了银行。

4

秦家茶楼人声鼎沸，吃早茶的济济一堂，屋檐挂着几个鸟笼，摊子摆到街边。山货堆满墙角，卖菜的卸下扁担，也不吆喝，随手盖上菜篮，也进去点份豆浆油条。

刘十三挑张干净桌子坐下，把文件包放好，牛大田魂不守舍，说："我有喜了。"

"你不是有喜，是有毛病吧。"

牛大田擦擦脸，再说一遍，同桌的一大一小才听明白："我有戏了！"

刘十三倒杯茶，说："恭喜你，要不要考虑为爱情买份保险？"

牛大田略带困惑："爱情还能有保险？"

刘十三说："你想，等你们结了婚，把重疾保险、财产保险、人身意外险什么的全部买齐，那么，无论你破产、车祸、得癌，秦小贞都能成为富婆，也算是爱情的一种证明。"

以前他跟客户这么说过一次，被追打出门，牛大田听完却没发火，反而很沮丧："不可能，不是说我不可能破产、车祸、得癌，我是说小贞的爸妈不可能答应我们结婚。"

刘十三说："有道理。"

牛大田充满希冀地望着他："十三，如果你的保险，如果啊，保证我娶到秦小贞，多少钱我都买。"

刘十三刚想说没有，球球直接插嘴："我觉得吧，个人看法，各退一步，你买全险，我们帮你追到秦小贞。"

牛大田一拍桌子："成交！"

刘十三连连摇头："小孩的话你也信，我做不到。"

牛大田冷笑："本来就没指望你做到，我比较相信球球的本事。"

刘十三看向球球，这孩子究竟谁啊，黑白通吃。

既然大家想法一致了，行动需要计划，闲着也是闲着，这就开始聊吧。刘十三建议，看越剧当天，买通团长，《五女拜寿》高潮部分，不拜寿了，牛大田突然上场，掀开贺礼，不是寿桃，九朵玫瑰花，想必秦小贞无法抗拒。

球球哔哔吐瓜子皮："土。"

刘十三："那掀开贺礼，不是寿桃，九十九朵玫瑰花。"

牛大田说："土。"

刘十三一口喝掉茶水，把茶杯啪地敲在桌上，大声说："你们想，你们厉害，来来来，表现给我看啊！"

球球莫名其妙，问牛大田："他生什么气？"

牛大田摸摸后脑勺："生自己的气吧。"

球球嗑着瓜子，问："牛大田，你喜欢她，她知道吗？"

牛大田一愣，结结巴巴地说："大概……知道吧……"

球球点头："嗯，每天上班你都跟踪。她生病，你往她家院子里丢药，被她家狗咬了。她生日你在河滩放烟火，放那么高，她看得到。所以我想，个人看法，她一定知道，你很喜欢很喜欢她。"

刘十三震惊，牛大田还有这些手段，比大学生强多了。

两个大人眼巴巴望着球球，她捏紧小拳头，砰地一砸桌子，斩钉截铁地说："这一次，你就告诉她，你能为她做一切。首先，关掉赌场。越剧有什么好看的，年轻人要浪漫，说是看越剧，当天你放一把火，把赌场烧掉，烧出你对爱情的承诺，烧出你对爱情的狂热。"

全场沉默，刘十三冷汗涔涔，球球毕竟年幼，无知的话说起来一套一套的。你让牛大田烧光全部身家？你咋不让他投案自首，重新做人，来年高考，成为镇上一代知识分子呢？

牛大田不吭声。

球球继续嗑瓜子，无法无天的童年真是叫人羡慕啊，她继续说："谁家女儿愿意嫁给没文化的流氓？要改变她父母对你的印象，必须烧掉赌场，重新做人，来年高考，成为镇上一代知识分子。"

牛大田直勾勾看球球，艰难地开口："只能这样吗？"

球球跳下凳子："口口声声说为爱付出一切，结果又嫌代价太大。刘十三，走，我们的保险不卖给他。"

刘十三发现球球只是虚张声势，拼命嗑着瓜子，其实为了缓解压力。

牛大田皱眉，球球咔咔咔连嗑三粒，她自己都没觉察，嗑瓜子的速度越来越快。她的小短腿抖得厉害，比以前刘十三自己等客户反应的时候，还要紧张。

刘十三想，她真的很在乎这笔订单。

牛大田思考很久，刘十三陪着发呆，球球瓜子皮嗑了一地。

无论如何，这份订单都是刘十三最成功的一笔了。因为他做那么多推销，客户听他讲完开场白，就会赶他离开。像牛大田这样陷入思索和纠结，他从未做到。

口口声声说，愿意为目标牺牲一切，其实呢，你究竟愿意付出多大代价？

一笔订单提成五百，你是否会用十天去了解他，用十天去接近他，用十天去说服他？

刘十三有些恍惚，想起牡丹，想起两年冬至之间，可以问她夜晚去哪里，可以学会吉他为她唱歌，可以发现她并不爱他的事实，可他用尽力气，其实都只是在重复等待。

等待而已，也叫努力？

是在等别人离开，还是在等自己放弃？

刘十三千头万绪，牛大田千头万绪，球球趁机要了屉小笼包。

5

小学翻新过三次，加建过两次，茶田围绕操场，郁郁葱葱。暑期补习，参与课程的是四年级以上的学生，校内人数不多，从校长办公室传来气急败坏的咆哮。

罗老师已成罗校长，教学的气势终于超过打麻将的气势，吼得眼镜都快掉下来了：

"迟到第几次了？昨天割猪草今天要喂牛，你家开了个动物园啊？还点头，那我晚上去家访，要不要收门票？"

"五括号十括号这么简单的成语填空，五光十色你想不出，你写什么五元十件！哪家店这么便宜？你编都不会编！"

"给我跑圈！操场跑圈，一边跑一边喊，雍正的爸爸是康熙！

乾隆的儿子是嘉庆！"

程霜穿越罗校长的火线，找到班主任："李老师，上次我跟你说的美术比赛，你有支持我吗？"

李老师正拿着药瓶灌降压药，有气无力："小霜，文化课都来不及，县里的美术比赛就放弃吧。"

程霜说："学习成绩是荣誉，美术比赛也是荣誉，咱们学校学生虽然脑子普遍不好，但非常狡猾，可以扬长避短，争评艺术强校。"

李老师咳嗽两声，委婉地说："哪怕我同意，学生自己也怕耽误学习。"

程霜很高兴，掏出一张纸："李老师你放心，我选的几个成绩都特别差，没啥可耽误的。"

李老师胸口一痛，又想吃药，办公室突然陷入诡异的寂静。

"保安呢？！"

"快赶他走！"

"救命啊！"

救命都喊出来了，程霜和李老师齐齐回头，办公室走进一个披头散发的男人，胡子拉碴，背着竹筐，只穿一条裤衩，裤衩破破烂烂，乍一看是个裸男。

程霜大惊失色，李老师叹气，说："镇上的疯子，到处晃悠，又来了……救命啊！"

裸男径直走到她面前，冲李老师亮出手中的东西，顿时李老师的尖叫响彻楼层，程霜也跟着惨叫。

竹筐内全是羊粪，裸男掏出一把，摊开手掌，展示给李老师。李老师叫完，裸男傻笑，没有后续举动。李老师颤抖着说："你……你想要干什么？"

裸男傻笑。"老师，我给女儿交学费。"他颠了颠羊粪，说，"你看，我有很多钱，够不够，不够我还有……"

李老师镇定地说："这些不是钱，钱是一张一张的。"

裸男陷入迷茫，程霜偷偷说："李老师，我真是佩服你，这种情况下还能跟他讲道理。"

李老师小声说："他每学期都要来一趟，习惯就好了……救命啊！"

她再次尖叫，裸男连掏几把羊粪，搁在办公桌上。"真的不是钱，我找找。"他取下竹筐，一阵扒拉，找出一个旧报纸裹住的长方体，打开，取出一沓平平整整的字条："老师你看，很多很多钱，这五千，这两万，这三千……"

程霜看得清楚，一张张白条，字迹各异，写着不同数目的欠款，欠款人签名，微微发黄。

李老师叹口气，居然没有愤怒，温和地说："王勇大哥，银行里的那种才叫钱，印着人头。这些字条啊，没用的。"

裸男委屈："我的不是钱吗？"

李老师说："是钱，但银行不认，学校不收。"

裸男不甘心："你说一张张的，这就是一张张的。"

如何同精神病解释清楚呢，李老师又想叹气。

罗校长匆匆赶到，见势不妙，扭头就走。程霜一把拽住她："小姨，他怎么了？"

罗校长说："王勇啊，外地人跑到镇上开家具店。老婆生大病，以前打借条的人躲起来不还，他卖了店，钱花光，治不了，老婆半夜跳河了。"

程霜静静听着。

"那时还没疯，老婆留下个女儿，三岁不到，他带着女儿每天讨债，受刺激一多，慢慢变傻了。从女儿六岁起，隔三岔五跑来，两年了，这么一个傻子，还惦记着要给女儿报名。老师们募捐过，父女俩不要。女儿说，要自己挣钱交课本费，这才几岁……"

得不到结果，裸男似乎被激怒，迅速包好字条放回竹筐，大喊："上次我来你说要钱！这次我带钱了，你说要银行的钱！你不想还钱，你就是不想还钱！你老是找借口，当初借给你的时候，你怎么说的？你说周转下，很快！七年了啊兄弟，你多大的生意要周转七年？"

老师们集体心中一沉，完蛋，裸男串戏了，进入讨债场景。

被吼得头晕目眩，李老师眼泪唰地流下来："你冷静下，我没欠你钱，不关我的事。"

裸男慌张了："你别哭啊，实在为难的话，过几天再说吧。我不急，我老婆最近好点了，还能拖几天。"

裸男愈加混乱，保安到了："住手！我的个亲娘哎，地上啥！我脚上踩了啥！"保安还没熟悉战场，裸男冲他丢羊粪。

满头满脸羊粪，保安眼泪唰地流下来："啥！这是为啥！"

6/

离小学不远，街道口是盒饭摊子。临近中午，做盒饭的毛志杰正炒菜，分进一个个搪瓷罐子。他留着两撇小胡子，穿着卡其色背心，耳后夹支烟，乱糟糟的头发全是汗。忙碌间，远远望见疯子王勇垂头丧气走来，赶紧盖上锅盖。

疯子王勇摘下竹筐，靠墙蹲着，抱头呜呜地哭。

虽然知道结果，毛志杰依然问了句："报名报好了？"

疯子王勇摇头："他们不认我的钱，打我。"

毛志杰冷笑："活该，你这样的，打死最好，一了百了。"他盛了碗饭递过去，疯子直接用手抓饭，烫得一抖，碗砸在地上。

毛志杰气不打一处来，抄起锅铲就往疯子头上敲："抓什么抓？烫不知道，还吃什么饭！"

锅铲敲到疯子头，梆梆作响，他没有理会，趴着拼命捡米粒，抓起往嘴里塞。白饭沾满泥土，掺着沙子，毛志杰看着牙酸，干脆用脚把饭踢开。

疯子急得拍他脚，毛志杰劈头盖脸打过去："好人坏人也不知道，还跟我凶！"疯子抱住他的脚，毛志杰重新盛了一碗："吃完滚，老子要做生意了。"

疯子傻呵呵地笑："没味道，来点菜。"

毛志杰给他挖了一勺土豆，疯子恳切地说："太淡，卖不出去，加点盐。"

毛志杰正在炒肉丝，无动于衷，疯子从竹筐捡了把羊粪，丢进锅里："现在好了。"

毛志杰呆在当场，整整一锅青椒干子肉丝全部报废。疯子一脸傻笑地邀功，毛志杰一脚踹翻铁锅，拿起锅铲就打。

7 /

程霜来的时候，看到这幅场景：裸男抱头鼠窜，饭菜散落一地，毛志杰七窍生烟。她忍不住喊："别打了，弄坏什么我赔！"

毛志杰停手，出乎预料，小镇还有人当冤大头，天道轮回，不宰白不宰，摊手说："瞧你说的，弄脏一锅菜，锅子不能用了，算你三百三吧。"

程霜瞪大眼睛："这菜要三百多？"

毛志杰怜悯地看她："菜五十，锅子两百八。"

程霜沉默一会儿，掏出五十："菜钱，锅子我给你送个新的来，等我一刻钟。"

程霜离开，毛志杰拿着钱，骂骂咧咧，不留神钱被疯子一把夺走。疯子对着阳光，观察着嘀咕："纸做的，一张一张的，有花，有人头，中国人民银行，这是钱。"

毛志杰抢回来："这是我的钱。"

疯子眼巴巴瞅着，畏惧他手中的锅铲，小声说："女儿报名，要钱，四百，你能不能借给我？"

毛志杰收怕摊了，没好气地说．"我借你，你能还啊？好意思说你女儿，屁点大，到处骗吃骗喝，还要养活你这个神经病。"

疯子不回嘴，笑嘻嘻地听毛志杰骂骂咧咧。

毛志杰没抬眼，从桶里打水，刷着锅子，说："镇上有人家想养，为了你，她不去。让我说吧，你要真为她好，赶紧去死，你一死，她就没了拖累。人一死，多轻松，大家都轻松。"

他说得狠毒，刷锅的手越来越重，似乎不只说给疯子听。

　　程霜从罗校长家偷了口锅，拎着回来，疯子不知去向，毛志杰面不改色用旧锅炒菜，见到新锅毫不客气地收下。

程霜想了想，问："对了，你为什么打你姐？"

毛志杰面孔狰狞，举起锅铲，指着她骂："去你妈的，不要提她，她不是我姐！"

8

　　储蓄银行隔壁，广场的集上，许多店家忙碌。卖花的搭棚搬盆，山茶长势蓬勃，程霜路过人群，路过麻花车、烘糕摊、灯笼铺，突然停住，深深吸口气。

旺盛活着，生机勃勃。

刘十三经常说，小镇人民怠惰疲懒，没法发展。可她喜欢这里，每个人确实不看未来，只在乎眼前，一餐一饮，一日一夜。城市中，拿到奖金去商场会喜悦。小镇上，阴雨天看葫芦花开会喜悦。两种喜悦，可能是分不出高下的。

秦家茶楼中，牛大田还在发呆，刘十三还在反思，球球不知吃了多少东西，摸着肚子幸福地打盹。

程霜问："顺利吗？"

她问刘十三，牛大田下意识回答："不顺利！如果烧掉赌场，员工怎么办？我靠什么创造美好未来？"

程霜疑惑地说："烧什么赌场？"

牛大田失魂落魄，说："只能这么干吗？"他双目无神，拿起搭在椅背上的外套，满身苍凉地离开。

等他走掉，反应过来的刘十三惨叫一声，愤懑地说："买卖不成仁义在，他不买单就走了？"

球球追出门，边追边喊："牛大田，你不干的话，连跟秦小贞结婚的机会都没有！"

球球的喊声越来越远，竟然跟着溜了。

刘十三和程霜面面相觑，秦老板不失时机："上午喝到下午，早饭中饭两顿，一共两百五十六，算你两百五。"

刘十三说："我没带钱。"

程霜说："我钱刚用完。"

刘十三无可奈何："莺莺小卖部知道吧，你去问我外婆要钱。"

秦老板笑了："原来王莺莺家的啊，她身体怎么样？"

刘十三说："活蹦乱跳的。"

秦老板收起账单："跟她说，身体好点就来打麻将。"

刘十三出门后才想起来，王莺莺好像真的不打麻将了。他回来几天，王莺莺待在小卖部认真工作，可能老年人也有社会危机感吧。

没走几步，球球哭喊着奔跑过来："爸爸，妈妈，我迷路了，找你们找得好辛苦啊。"

说着她站到两人中间，小手左右各牵一个，胳膊晃晃悠悠。喝了满肚子水的刘十三犯起困，脑子迷糊，觉得彼此真像一家人，初夏阳光灿烂，小镇陈旧，空气新鲜，他正带着老婆孩子，高高兴兴去探亲。

程霜突然说："原来是这样啊。"

"怎样？"

"结婚，生个小孩，被叫妈妈的感觉。"

程霜摸摸球球柔软的头发："还以为自己没机会体验了。"说完她冲刘十三笑一笑，满足地搂紧他的胳膊："孩子他爸，回家。"

刘十三瞬间身体僵硬，听着自己本能地回答："好。"

9 /

煤气灶、电磁炉虽然方便，但有件事情只有煤球炉才能做到完美。王莺莺打开炉子的小门，换下燃得正旺的两块，垫进去粉灰色的旧煤球。

这样火候不会太过，温度不徐不疾上升，刚好摊蛋皮。

长柄小圆铜勺，刷上一层薄薄的菜油，倒进去蛋液。王莺莺轻轻转动手腕，一圈一圈，蛋液均匀地晃上勺壁，晃成小碗大小，蛋皮金黄香嫩，筷子一挑，落到竹匾上备用。

灶头上煨着蹄筋，日头出来开始炖，现在已经软糯，往外扑着脂肪香气。

她算着时间，最后一滴蛋液倒入铜勺，煤球炉开始降温，她满意地点头，一点都不浪费。

瓷盆中盛着用料酒香油食盐腌过的肉末，王莺莺细细剁好小葱拌进去，又剁碎一小堆马蹄，一起搅和均匀，再用调羹挖取，裹入蛋皮，用蛋液封边。

一个个圆胖的蛋饺很快铺满竹匾。

刘十三回家，蛋饺下入蹄筋高汤，滚点肉圆蚕豆进去，顶饱又好吃。

这道菜朴素，费时，好处是有吃不完的蛋饺，可以捞出来放进保鲜袋，到冰箱冻住，等十三回学校的时候可以带上。

他说吃泡面的时候放一个进去，面泡好，蛋饺也化开，吃得比别人高级。

这时候才想起，外孙已经不上学了。

有人敲院子门，王莺莺擦擦手，是镇上电器行的小孙，骑着电动车，递过来一个长方形小盒子："阿婆，你要的是不是这个？"

她接过来拆开，是一支样式稀奇古怪的笔，皱眉说："我要录音机，能录声音那种，你带个笔给我干什么？不要。"

小孙笑嘻嘻："这叫录音笔，现在大家都用这个录音，电视上的记者都用这种。"

王莺莺颠来倒去地看，搞不清名堂："怎么用？"

小孙说："说明书一看就懂，很简单。"

王莺莺拍他后脑勺："我是文盲！你们不给文盲服务？"

小孙下车，手把手教会了她。王莺莺试了两次，觉得挺好用，一看小孙想走，忙喊："等等！"她匆匆进屋拿了个随身听："帮阿婆看看，这个能不能修？"

小孙翻了翻："太老啦，不过原理简单，能修。"

王莺莺期盼地看他："里面的磁带呢？"

小孙拿出磁带，有点意外："这磁带得多少年了？磁粉快掉光了，估计带子一碰要散。"

王莺莺小心地恳求："那你修好它？"

"磁带不能修，你懂吧？"

王莺莺怔怔地捧着随身听："一点办法都没有？你这么聪明，懂科学，也没有办法？"

小孙心软，想了想，问："磁带里面的东西很重要啊？"

王莺莺郑重点头："非常非常重要。"

小孙接过去："我拿回店里，找师傅看看，看能不能转录。先说好，希望不大，弄坏了也不怪我。"

王莺莺连忙点头："不怪你不怪你，谢谢啊，谢谢你小孙。"

小孙开动电动车，走出十来米了，王莺莺还在后面喊："路上小心，谢谢你啊小孙。"

王莺莺坐回院子，桃树枝叶茂密，风吹得哗啦啦响，仿佛从山林间带来了消息。她满足地闻了闻，似乎能闻到风中的气息，它翻山越岭，穿过岁月，有浪潮轻拍沙岸的味道。

有朵盛开的云，

缓缓滑过山顶，

随风飘向天边。

刘十三以后才会明白，

有些告别，就是最后一面。

Chapter

9

人间火烧云

1

　　刘十三梦见了智哥。两人毕业前夕，坐在小饭馆，喝得面红耳赤。

　　智哥说："我真正的音乐梦想是摇滚，摇出精气神，摇出对时代的呐喊。"

　　刘十三问："摇滚高级，还是民谣高级？"

　　智哥说："这个问题我至今没有想明白。语文老师告诉我们，天下职业不分贵贱，人人平等。过了几天家长会上又说，教师是神圣的，下边各行各业的家长纷纷点头。

　　"教书育人我同意比较神圣，那既然职业不分高低贵贱，大家都应该是神圣的啊，包括电梯里打着毛衣按楼层的大嫂。

　　"后来发现，神圣的果然越来越多，医生农民科学家，一个比一个神圣。看奥运直播，解说员反复唠叨，神圣的奥林匹克精神。看篇稿子作者又提到，神圣的新闻职业道德，通篇金光四射，感觉像在祭坛上写的文章。电影绘画文学也神圣，写个评论义正词严歇斯底里，感觉手里握了面旗，鲜血染红的那种。

　　"我整个人开始大彻大悟，全人类都在神圣领域，就看你自个信不信。你要信了，那就是信仰。但从逻辑上只能你自个仰自个，毕竟大家都位列神班，你不能强迫房产经纪、网络营销、保险推广跪在你面前，他们一样拥有精神，就跟神圣的奥林匹克精神一样，你去问问他们的部门经理，他可以告诉你他们神圣的地方在哪儿。

"说实话，事到如今，我就赞同一件事，私有财产神圣不可侵犯。你同不同意？"

刘十三点头："我同意。"

智哥严肃地说："好，既然你同意，那这顿饭大家 AA 吧，因为私有财产神圣不可请饭。"

做的梦比较辩证，容易昏沉。刘十三睡醒，天光大亮，手边耷拉着保险教材，笔早就滚落床底。最近球球选择跟他睡，动辄睡到他头顶，趴到他肚子，让他睡眠质量一天不如一天。

刘十三坐起身，球球双膝跪在写字台，小手撑着，聚精会神，贴窗往外看。

刘十三凑到边上，球球说："嘘，动作轻点，知道什么叫听墙根吗？"

"啊？"

"没学过我教你，现在咱们就在听王莺莺的墙根。"

2 /

桃花树下站着一个老头，头发花白，白色短袖衬衣，一副金丝边眼镜，西裤熨得笔直。王莺莺扫地，示意他抬腿，老头往后退一步，恢复立正的姿势。

刘十二低声说："老李头啊，你认识。"

球球咂咂嘴："我镇大富翁，修表的。"

刘十二警惕地说："老李头不会看上土莺莺了吧。"

球球摸摸下巴，"要是他想当你外公，那我过年也能多个红包。"

刘十三捏住她脸颊："闭嘴！"

球球瞪大眼睛，小脸被捏得变形，依旧奋力辩驳："老李头很有钱的，说不定能买你好多份保险。你想，多个有钱的外公，听起来没坏处。"

刘十三思索一下，松开手："有道理。"

"嫂子，我得回去过中秋了。上次回去，我妹妹说，到了七十二岁那年，中秋一定要回去过。真快，五六年一转眼的，我就七十二了。"

王莺莺把笤帚往墙角一丢，拍拍围裙上的灰，蹲下来盘货，说："应该的，飞机方便，你早该回去。"

老李头摘下眼镜，揉揉眼睛，说："昨天睡得晚，一直想，都老成这样了，这次一走，可能就回不来内地了。"

老李头停顿一下："要是没回来，那我就是死在对面了。"

王莺莺手里活停了下，继续拆箱子，拿出一包一包方便面，说："我们有句老话，叶落归根，人一到岁数，逃不掉的。"

"好多事情，昨儿一件一件想起来。我哥偷偷摸摸带你去看妈祖祭，把你弄丢了，全家找到天黑，结果你在海边睡着了。

你们结婚那天，老家风俗是送花圈，把你吓的啊，怎么劝哭都止不住。"老李的声音有点哽咽，"我哥走得太早，答应他照顾你，你不肯。怎么像过去了没几天，没想到，其实一辈子过去了。"

王莺莺打断他，胡乱翻着东西："哎，对了，你要不要拿点特产带回去，刀鱼我送不起，茶叶吧，你们家里人也爱喝茶。"

老李头拎起脚边布袋，掏出一个纸盒子，说："老家寄来的，二十多年没吃过了吧，你尝尝。"

王莺莺呆了一会儿，镇定地接过去，手有些抖，迅速摆进货架。刘十三仔细看，盒子牛皮纸做的，淡黄色，扎了几道绳，写了三个字：凤梨酥。

老李头抬头，望望桃树，深深吸一口气，说："走了。"

王莺莺说："好。"

老李头转身，好像佝偻了些，走得老态龙钟，到门口回头："有件事要麻烦你。"

王莺莺挥手："好说好说，你讲。"

老李头说："钟表铺带不走，只能麻烦你，帮我照管下。"

王莺莺点头："这个小事情。"

老李头继续说："房产证和赠予证明，我压在凤梨酥下面了，扎在一起。如果我回不来，送给你，卖掉也好，留着也好，你看着处理。嫂子，我走了。"

树叶被风吹得轻晃，阳光破碎，蝉声隐匿，像远方的潮水。有朵盛开的云，缓缓滑过山顶，随风飘向天边。刘十三以后才会

明白，有些告别，就是最后一面。但这一刻，他听到的消息过于
震撼，迅速问球球，"他的钟表铺值多少钱？"

球球肯定地说："大概值三个棋牌室。"棋牌室算多大的货币
单位，她根本不懂，但三个似乎足以表达昂贵的程度。

刘十三在屋内来回踱步，激动地说："把铺子卖掉，我就能
给全镇人民买保险啊！一千份保险，全搞定，没想到我的成功来
得如此容易。"

球球跳下写字台，激动地说："我们要发财了？"

刘十三虽然美滋滋，可良心怦怦跳动："哎呀哎呀，总不能
白拿人东西吧？"

球球一头栽进钱眼里，根本不想出来："给乡亲们买保险有
什么不好的！你就当为老李头做慈善！他会理解你的！"

3

院门带上，老李头走远了。王莺莺发了会儿呆，扭头看到刘
十三和球球，一大一小，鬼鬼祟祟，扭扭捏捏。

她"哧"了声，一反常态，没有操起武器揍外孙。

刘十三箭步上去，给她捏肩膀："外婆，李爷爷送你好东西
了吧？拿出来分分。"

王莺莺没好气地打开他的手："分什么分，别人的东西。"

球球眼神充满鼓励，刘十三继续谄媚："我听到了，赠予证

明都有，就是你的东西。"

王莺莺说："我会帮他照看铺子，钱人人都要，但白拿的话，死都不会安心的。"

她这么一说，刘十三和球球发财的快乐一扫而空。幸好一个白痴，一个幼稚，王莺莺端上秧草河蚌汤、花菜炖肉，两人立刻就没什么不满了。

4

刘十三的日常生活已经固定，收集全镇居民资料，进行评估，挑出推销保险成功性比较高的，展开地毯式轰炸。球球和王莺莺提供资料，程霜分析，刘十三行动。几天下来，工作成绩还没看到显著提升，但他再次熟悉了云边镇。

童年的长辈，都两鬓染白。年轻人大部分去了异地，剩下的给茶园打工，少数继承祖业，绕着小小的店铺生活。

千禧年以前，越剧团来是件大事，在电影院演出，人山人海。那时放电影，除了学校包场，基本坐不满。因为收益差，影院老板平时直接改成录像厅，台上摆个电视机，门口箱子里一堆VCD碟片，两块一张票，自己挑碟子进去。逃课少年和无业青年，常常拎袋瓜子，一待一下午。

千禧年以后镇上多了网吧和KTV，电影院越来越正规，剧团

来得少了。那些声名显赫的旦角名字，逐渐模糊，逐渐消失，刘
十三只记得她们女扮男装，一袭长衫，苦读中状元，一回首神采
飞扬。

周末广场前人潮汹涌，完全出乎刘十三意料。听闻是浙江省
著名剧团，一票难求，云边镇人民爆发出了可怕的热情。

5 /

黄昏盖满山间，云边镇电影院内传出"磬哐磬哐"的锣鼓声，
人们陆续进场，检票老头一张张撕下票根，偶尔看眼外面，那姑
娘不是银行的秦小贞吗？外面站半小时，在等人吧。

槐树下，秦小贞抬抬手腕，六点半。她往东边张望，那方
向有服装一条街，五金副食店，再远点还有浴室和茶楼。夏
天太阳落山晚，这会儿露着紫红色的天际线，天空蓝墨水似
的，她看的地方都亮起碎金般的灯光，亮成一串一串，等的人
没来。

那就是不来了吧？秦小贞想着，凉鞋踩踩地面，画一个圈，
那怎么办？总不能自己进去吧？两张票浪费一张，心里难过。

她轻叹口气，不远处有脚步声，惊喜地一抬头，眼睛里的光
瞬间暗了暗，不是她要等的人，但确实是找她的。

"小贞，你怎么还没进去？"

问话的是秦小贞妈妈，新烫的头，挥着蒲扇赶蚊子。秦小贞爸爸看女儿不吭声，立刻目光四周扫扫，没发现可疑人士。

秦爸爸哼了声："走吧走吧，一块儿。"

秦小贞偷偷往那个方向再瞄一眼，不情不愿："里面闷，我等一会儿进。"

秦妈妈眯着眼看墙上海报，第一场《五女拜寿》，第二场《醉打金枝》，第三场《珍珠塔》，随口说："你小姨刚刚打电话，要来看，没票，正好碰到你，你不是发了两张吗，给她一张吧。"

秦爸爸说："还有一张票呢，拿出来，我打电话喊她。"

秦小贞咬着嘴唇想借口，多疑的秦爸爸板着脸，问："票呢？"

"丢了。"

"丢了？一个信封里的怎么丢，昨天还看你放茶几上的。"秦妈妈皱眉。

"丢了就是丢了，只有一张票，小姨要的话，拿我这个好了。"秦小贞开始发急，之前期待某人快来，这会儿反而希望他别来。

秦爸爸是退休工程师，预判能力极为出色，一看秦小贞的神情，推测真相："你给那个牛大田了？"

秦妈妈后知后觉，才发现女儿今天穿一件白色雪纺连衣裙，以前她嫌容易弄脏，不怎么穿。今天秦小贞不光穿裙，还细细画了眉，淡淡涂一层唇彩。秦妈妈跟着猜到真相，痛心疾首："小贞啊，你这是不学好，牛大田没出息的啊！算了，不看戏了，回家，我们回家好吧？"

秦妈妈拉她的手，秦小贞一言不发，寸步不移，低着头。

6 /

槐树边，还有一棵槐树，底下站着创业三人组。看到秦家人脸色铁青，刘十三说："来看戏的，结果要被人看戏了。"

程霜说："他们好像吵起来了，秦爸爸在骂人，我去找牛大田。"

刘十三轻蔑地呵斥："现在他们是家庭内部矛盾，你把牛大田抓过来，他们就增加了外部矛盾，到时候不但吵架，还会变成打架。"

程霜呵呵笑了笑："那你有什么高见？"

刘十三看着不远处的秦小贞，她既不肯走，也不吭声，按照他接待客户的经验，此类型的女士要么不爆发，要么鱼死网破，非常贞烈。

他想想说："我们派球球去传话，让她先回家，半夜收拾好细软，我们接她跟牛大田私奔。"

程霜上脚一个飞踹，刘十三差点跌出槐树范围，他捂着屁股怒目而视："你干吗？"

程霜冷笑："你和牛大田拐卖妇女，秦家人做鬼都不放过你们。"

球球乐呵呵捧着一袋子炒米，边吃边劝："爸爸妈妈冷静一点，注意身体。"

秦妈妈蒲扇都不扇了，苦口婆心，想让女儿回心转意："小贞，我跟你爸爸在镇上算是开明的，没逼过你。牛大田实在不行啊，我们从小看他长大的，但凡他有一点上进心，也能考个专科学校，他做正经事了吗？"

一个声音闷闷传来："只有念书才是正经事吗？"

牛大田竟然出现了，风云际会，矛盾人物集体到场。秦小贞和牛大田有约会迟到的矛盾，牛大田和秦小贞父母有拐骗女儿的矛盾，秦小贞和她父母有恋爱自由的矛盾，三足鼎立，刘十三、程霜、球球屏住呼吸。

秦妈妈没给牛大田好脾气，眉头一皱："我不管别人家规矩怎么样，在我家，做女婿至少要上过大学。"

刘十三又惊又喜，自己居然达标了。

程霜捅捅他："你们家有什么规矩吗？"

刘十三不屑地说："当然有，做我们家媳妇至少要有二十万存款。"

球球问："做你们家小孩呢？"

刘十三想了想："小孩没什么钱，就只要十九万吧。"

一大一小两个女人齐齐翻他白眼，刘十三乐呵呵的："幸好你们问的是我，问王莺莺，价格还要往上翻一番。"

程霜说："俗气，你看秦小贞他们家这个要求，其实合情合理。"

刘十三一阵感伤："其实牛大田宁愿秦家狮子大开口，要他个几十万。对他来说，学习比贫穷更可怕。球球，将来你会学到一个成语叫作穷则思变，其实这个成语的全文是，穷则思钱，富才思变。”

程霜补充说，"他在放屁。"

7/

秦爸爸看都不看牛大田一眼，不顾面露哀求的女儿，抓着她要走。

牛大田着急地喊："叔叔，慢慢谈嘛，对我不满意，没问题，请您给我一个机会，做到您满意！"

这番话比较体面，但秦爸爸不打算给他脸，转身说："没机会，我不会把女儿交给一个开赌场的，我们秦家没人进过派出所，你好自为之。"

牛大田张大嘴巴，说不出话，秦小贞一步一挪，慢慢腾腾离牛大田越来越远。

牛大田终于大吼一声："等一等！"

这一声吓到大家，不由自主停了脚步。牛大田微微弯着腰，低下头，两只胖手交叉，指关节发白，刘十三甚至能看清他在颤抖，像一个等待宣判的嫌疑人。天色渐渐昏黄，小镇路灯亮起来，牛大田默不作声，额头全是冷汗，似乎话憋在喉咙，一个字也吐不出来。

他沉默了几秒，现场人人度秒如年，刘十三有些同情。冬至的雪地中，他遇见过类似的沉默，空气凝固，要自己提醒自己，才想起来呼吸。他扫了一眼，突然又有些羡慕，因为秦小贞的动作表情和牛大田差不多。

他们和他不一样。他是悲伤的沉默，他们是执拗的沉默。

悲伤的沉默，时间会打破，让两条河流去向不同地方。执拗的沉默，自己会打破，执拗代表他将摧毁堤岸，哪怕河流就此干枯。

牛大田吭哧吭哧，迎着秦家人的目光，说："我改。"

刘十三可以想象秦家人的回答，但没等到他们说话，旁边几个人指着南边，喊："啊呀！"

所有人，包括秦小贞一家，刘十三，程霜，球球，小广场的群众，一起抬头，望向南边。

黄昏中爆出一蓬饱满的烟火，和火烧云连成一片，夹杂着一串一串的流星，射向夜空。腾腾雄起的火焰上方，无数烟花炸开，不讲节奏，不讲道理，噼里啪啦，轰轰烈烈。

所有人看傻了，这场面突如其来，像一整个元宵节，在小镇南边集中燃烧。

秦小贞呆呆望着，眼睛里倒映璀璨烟火，眼泪慢慢流下来。

秦妈妈缓过神，小声说："搞什么，你又放烟火……"

她的声音戛然而止，刘十三也注意到不对劲的地方，脱口而出一句："日啊！"

他的心狂蹦，真的狂蹦，咚咚咚咚，仿佛一下一下在锤击，又重又急促，蹦到胸膛胀痛，下一秒就要裂开。不是每个人只愿意沉默，不是每个人只愿意等待，会有人怀抱炸药包，贴住高高厚厚的城墙，粉身碎骨。

天空越来越红，越来越亮。南边有一栋独立的平房，以前是粮油站，后来改造成赌场。

牛大田双膝跪下，呜咽着说："叔叔阿姨，我知道，你们不喜欢，不喜欢我开棋牌室，觉得不是正经工作，觉得我不是好人。为了小贞，我今天决定把棋牌室烧个精光。"

秦爸秦妈受到的冲击太大，不知所措。

牛大田继续说："可是！"

全场观众感动被打断，你好好表白，怎么还有"可是"。

牛大田泪如雨下："可是，粮油站属于国家财产，他们说烧房子是纵火犯，兄弟们一边哭，一边拖着我不给点火，说我会被枪毙。我只能把麻将桌、扑克牌、骰盅都堆到后头麦田烧。去年买的烟火也搬过去了，东西太多了，还有沙发凳子，几十箱酒，我跟兄弟们搬了一天，搬到刚才才搬完……我……"

秦小贞哭了。

牛大田哭得更凶："小贞，对不起，我迟到了。第一次约会我就迟到了，对不起……"

刘十三望着那片火烧云，怔怔出神，他没发现自己牵着程霜的左手，也没发现程霜用右手擦掉了眼角的眼泪。

　　秦爸秦妈眼圈泛红，嘴唇嗫嚅着，明显抗拒中带着一丝感动，坚持中带着一缕困惑。

　　牛大田依然跪着："叔叔阿姨，我真的喜欢小贞，最喜欢的那种喜欢，为了她我什么都可以做，请你们批准！"说完他为了加重语气，砰地磕了个响头。

　　围观群众齐齐倒吸一口冷气，进场看戏的人退了出来，检票的香烟快烧到手都不知道，几百号人踮着脚，脖子抻长，鸦雀无声，只有戏院内隐约传来喇叭声："演出即将开始，请大家抓紧时间，依次入场，对号入座……"

　　几枚烟火升空，嗖嗖地盘旋，秦爸爸抚着额头，秦妈妈快把衣角扯破了，哎呀哎呀叹气，半天说了句："这孩子，你也太老实了，东西嘛卖掉就好，烧掉干吗，不浪费的啊？沙发啊酒啊留着也有用……"

　　程霜和球球眼睛一亮，扯扯刘十三衣角："哎哎！"

　　刘十三立刻说："我听到了，有戏啊。"

　　牛大田开了多年赌场，察言观色一把好手，显然听出秦妈妈让步的口气，噌地站起来："不浪费不浪费，还没烧光，我们慢慢看，来，叔叔阿姨来这边，这边看得清楚。"

8 /

越剧演出牛大田终究没看成，秦小贞把戏票给了小姨，但他手舞足蹈，活活烧出一条爱情道路。

牛大田欣喜若狂，一口气买了刘十三整整四份保险。

刘十三欣喜若狂，抱着四份签好名字的保单不肯撒手。

直到晚上，他才想起来，这是周末的晚上，手机振动，工作群里都在汇报上周业绩。

"吴梦娇二十六份保单再度夺魁！"

"徐荣、国光、曼曼统统揽下二十份战果！"

工作群喜气洋洋，侯总发问："还有谁没汇报？"

静寂片刻，大家纷纷举报："还有刘十三。""@刘十三，侯总找你。"

今时不同往日，刘十三总算也有东西可以汇报："我卖出去四份。"

消息发出去，大家不知道应该嘲笑，还是惊叹，于是选择发送表情包。大家判断不准风向，胡乱发着动图，侯总带动节奏："不是说好的一千份吗？"

同事们一窝蜂地评价：

"还以为四十份。"

"按照这个速度，刘十三在五十七岁的时候可以达成！"

"老铁六六六，算得这么快！"

脑袋凑在旁边偷看的程霜，一把抢走手机，按下一串字：

"少废话，走着瞧。"

黑暗中一点一点的光，

逐渐蜿蜒向上，

密林中亮起一条灯笼做的小路。

Chapter

10

悲伤和希望，

都是一缕光

1 /

七月过得很快，刘十三悲伤地发现，自己回到了一种温馨又从容的生活节奏。几时起床无所谓，只要十点之前，就能赶上王莺莺的早点。面对乡亲们的推销，尽管进展缓慢，但不会被人踢出门，买不买另说，一定会留你吃饭。天气越来越热，有天雨后的黄昏，刘十三端着饭碗，一抬头，居然看见一道彩虹。潮湿的空气，翠绿的山野，半天透明半天云，彩虹悠闲地挂着，几乎都要投映到桌上的汤盆里。

程霜和球球准点来蹭一日三餐，一大一小两个女孩虽然脸皮厚，也知道跟在王莺莺屁股后面，为小卖部做点贡献，又扛货又看店，不算吃白食。

刘十三觉得人生正在被腐蚀，程霜却说这就是美好。

在院子里吃过饭，王莺莺说要去摘番茄，叼着烟不见了。刘十三洗着碗，程霜凑近："给你看个惊人的东西。"她把一张纸摊在饭桌，"我研究保险的特点，设计了一份客户含金量计算表。"

她点点皱巴巴的破纸："按照这个表格，可以简单计算出这个人成为客户的可能性。"

球球听不懂，照样卖力鼓掌："妈妈好厉害！"

刘十三擦擦手，满脸狐疑："什么原理？"

"拿你打比方吧！"程霜握笔开始演示，"表格写明，年收入高于十万，成功率加百分之十；低于十万，减去百分之十。而你的年收入低于五万……所以要减去百分之二十，现在你成为客户的可能性是负二十。"

刘十三准备抗议，程霜又说下去："考虑你的年龄，低于三十岁，可能性再减百分之二十……这个好理解，年轻人不怕死，很少会买保险，你懂？"

球球表态："我懂！"

刘十三不好意思说不懂，只能点点头。

程霜继续推算："加入你的性别、家庭构成、性格等变量，好了，现在得出结论，如果以刘十三为推销对象，那么，成功的可能性是负两百八，准不准？你就说准不准！"

刘十三琢磨过来："好像有点道理，可是有什么用，谁都知道我不会买。"

程霜无比得意："重点来了，七月份由球球和外婆提供资料，我梳理总结，得出全镇人民的大数据。"

厚厚一沓打印纸"咚"地砸在桌面："每个人的资料都被我代入表格，得出成功率，你自己看看。"

刘十三看着密密麻麻的资料，倒吸一口冷气："都是你自己做的？"

程霜和球球一块儿叉着腰，嚣张地大笑："哇哈哈哈哈，对的！"

翻阅起来，看得刘十三心惊肉跳，跟特务内部档案没啥区别。

蔡元，年龄四十八，男，机械厂员工，年收入八万，家庭成员八人，爱好赌博，喝酒，健康状况不明，常咳嗽。成功率，百分之四十，优先推荐健康人寿险。

刘霁，年龄六十二，女，农民，年收入五万，家庭成员七人，性情暴躁，节俭，肝炎，腰椎间盘突出。成功率，百分之五十，优先推荐健康人寿险。

王立德，年龄二十七，男，茶园技术工，年收入十四万，家庭成员五人，爱好网络游戏，旅游，身体健康，出过车祸，腿部骨折。成功率，百分之七十，优先推荐意外伤害险。

每个人的资料详尽具体，细数下来足足几百号。

让刘十三惊叹的，不仅是程霜花了多长时间耐心统计，更可怕的是王莺莺和球球的大脑八卦容量。

翻了半晌，回头一望，程霜和球球都趴在桌上睡着了。桃树摇动一片荫，云彩的影子在院里浮动，两人睡得吧唧嘴。

不忍心吵醒她俩，刘十三翻到整本资料首页，成功性排名第一，毛婷婷。

毛婷婷，年龄四十，女，未婚，个体户，年收入三万到十万不等，父母意外去世。弟弟毛志杰，嗜赌嗜酒，人渣一个，生活来源基本靠毛婷婷救济。毛婷婷人际关系单纯，善良温和，无不良爱好。

成功率，百分之九十。

百分之九十的成功率，说明不需要经过劝的过程，保单递给毛婷婷，她看两眼就会买。跟毛婷婷新旧都有交情，这个任务，刘十三觉得他单枪匹马就能完成。

他兴冲冲地独自出发，没注意这页纸反面，有手写的一行字："补充资料，职业特殊，可能性上下浮动百分之九十。"

2 /

婷婷美发店和顶潮成衣店一墙之隔，陈裁缝午后休息，吹着空调听戏。他看刘十三站在美发店门口半天，溜达过去一瞧，发现刘十三把脸贴在美发店窗户上奋力偷窥。

陈裁缝热心地介绍："这个店早关门啦，不做了。"

刘十三一愣："毛婷婷不剪头发啊？"

陈裁缝说："几年前胳膊断了，去医院，骨头没接好，剪不了头发。"

刘十三心头浮起不好的预感："那她现在做什么？"

陈裁缝说："哭丧。"

刘十三心里一咯噔，问："职业哭丧？"

陈裁缝点点头，抬表看看时间："这个点，估计她还在韩家。韩家大伯没了，她要哭三天的。哦，你们年轻人不晓得，我们老一辈有人过世，除了请和尚道士，还要请乐队和哭丧的，有条件的还能请来歌星。"

完蛋，毛婷婷居然改行，从个体户变成民间艺人，不知道她的收入水平能不能保住。他惴惴不安地问："哭丧很赚钱吗？"

陈裁缝变出个茶缸，喝一口："一天好像一百五吧，从头哭到尾，累。县里用不上，附近几个镇，又不是天天死人。唉，肯定没剪头发安逸。"

3

午后行人少，刘十三强打精神，了解更多客户现状，突然陈裁缝闪进自家店内，好心提醒他："你要不要进来躲躲？"

刘十三转身看见毛志杰握着根撬棍，拖辆板车，杀气腾腾走来。他赶紧跟着闪进成衣店，和陈裁缝一起往外探着脑袋观察。

毛志杰奔到美发店，三两下撬开锁，踹门就进。

刘十三发怵："什么情况？"

陈裁缝一本正经道："一起典型的家庭纠纷，唉，我去给老韩家打个电话，让毛婷婷赶紧回来。"

刘十三满头雾水，美发店里乒乒乓乓地响，接着毛志杰骂骂咧咧出门，把屋子里的一个五斗橱搬到板车上。

隔着几米远的距离，能听见毛志杰嘴里冒着"赔钱货""穷死鬼"之类的污言秽语。搬完五斗橱，毛志杰抢起撬棍，又进去了。没几秒，隔壁砰一声，似乎放了个爆竹。刘十三吓一跳，陈裁缝猫着腰回来，晃晃手机："没人接，作孽啊，亲姐弟搞成这样。四五月份毛志杰跑过来要钱赌博，毛婷婷不给，被他一巴掌扇到地上，幸亏她手撑了下，不然头都要撞破的。"

他的叙述简单清楚，刘十三越发觉得不能蹚这摊浑水，正要找借口溜走，陈裁缝眼睛一亮："毛婷婷来了。"

毛婷婷披麻戴孝，骑着电动车就喊："毛志杰，你干什么！"

毛志杰拎着撬棍，说："找不到钱，搬个橱也好。"

毛婷婷把车停好，平静地说："这橱刚打好，本来就是留给你的。"

毛志杰冷笑："你装什么啊，我要的是房子，爸妈留下来的房子，凭什么只给你用。"

毛婷婷说："爸妈就这套房子，我怕被你赌没了。"

毛志杰扬起棍子，毛婷婷用胳膊挡在头顶，棍子没砸下来，毛志杰推了她一把："滚，别挡路。"

毛志杰拖着板车走了，毛婷婷望着他背影发呆。刘十三思索一会儿，上去说："婷婷姐，这种意外的财产损失，其实有办法可以解决。"

毛婷婷随口说："什么办法？"她直接往美发店里走，似乎用手背擦了擦眼泪，刘十三和好奇的陈裁缝一起跟进去。

三人踏进店门，满地水银色碎片，中间还夹杂着断裂的灯管。刚刚那声炸响，是毛志杰打碎日光灯发出来的。

柜子椅子桌子东倒西歪，毛婷婷面无表情，一件件扶起来。

墙边搁了把扫帚，刘十三拿起来，默默扫着玻璃碎片，不知从何推销起。

陈裁缝帮忙扶家具，劝说毛婷婷："你们姐弟俩啊，要在镇上过一辈子的，难道打一辈子，打死一个才算？想想办法吧，唉，也没什么办法。这房子不能给他的，一给，就没了。索性吧，咬咬牙，报警，毛志杰抓起来一两年，出来说不定就好了……"

毛婷婷感激地冲陈裁缝笑笑，想起来还有刘十三，扭头问："十三你找我吗？不好意思啊让你看笑话，刚刚你说什么？"

刘十三有点尴尬，接不下去，职业精神撑着他说："最近我回老家，卖保险，就想问问你有没有兴趣……"

他说得艰难，毛婷婷却认真地回答："保险？我一直想买的。"

刘十三以为自己听错了，眼睛发光，心跳加速。

毛婷婷放下手中活，说："谢谢你啊老陈，我要去韩家，回来再收拾。"她又对刘十三说："这会儿不方便，明天行吗？"

刘十三拿出追逐梦想的劲头，扑到她身旁，热情地说："不就去韩家吗，有什么不方便，你哭你的丧，我在一边给你解释。"

4

刘十三小时候常玩一个游戏，坐在沙坑，用半块磁铁划拉。上层沙子晒得发热松散，深处沙子则潮湿沉重。磁铁在沙中来回数趟，拿出来表面就裹了一层细细的铁粉。

　　刘十三撸下铁粉，放进袋子，攒两个学期，也卖不到一块钱。

　　毛婷婷像人中磁铁，随便活活就能吸来无数细碎的麻烦事。父母双亡，亲弟反目，每天电动车都出故障……哭丧对她来说，不光赚钱，还能发泄心情。

　　刘十三怀抱保险单，呆呆望着毛婷婷，她正在上班，扒着别人的棺木号啕大哭。

　　毛婷婷边哭边喊："你不要走！你要走，带上孝子贤孙一起走！"

　　刘十三看看现场其他亲属，想必死者走得安详，老年人寒暄喝茶，年纪轻的聚在一起组团开黑，全场只有毛婷婷这个不相干的人撕心裂肺。

　　刘十三心说，再等一会儿，毛婷婷现在发挥不错，眼泪已经流到脖子里，还哭出了小舌音："你不要走！你不要走啊啦啊啦啊啦！"她很敬业，很动情，哭得满脸通红，还念起了诗："四张机，鸳鸯织就欲双飞。"

　　后来毛婷婷跟他解释，为了入戏，她往往参考很多电视剧里的画面。比如看死者遗像，长得像周伯通，她就想象自己是傻姑，在棺材前恢复了神志，念起桃花林一起练武的岁月，加上周伯通的后人都变成农民，悲从中来。

　　刘十三惊奇，问："这么麻烦，你想想自己不就够惨了？"

　　毛婷婷叹气："以前想想自己的人生还能哭，后来只能冷笑。有次去客户家哭丧，哭着哭着冷笑起来，他们以为我鬼上身，让道士泼我鸡血。"

毛婷婷一时半会儿结束不了，刘十三决定等。他喝葬礼上的赤豆汤，喝化生茶，喝红糖煮蛋，喝到死者家属问他名字，毛婷婷还没有停止哭泣。

死者家属问："舅家的吗？你的礼金呢？"

刘十三心想不妙，倘若承认自己是亲戚，必须给礼金；倘若不承认，就是打秋风。

混宴席有讲究的，婚宴生日宴升学宴，主人家高兴，不赶你，还送喜糖。但葬礼也混的话，那跟盗墓贼差不多，下三烂，吃的死人饭。

刘十三不想做下三烂，又没礼金，眼看即将身败名裂，毛婷婷过来拯救了他。

毛婷婷解释说："这我同事。"停顿一下，补一句："不要钱，实习的。"

说完拉着刘十三到棺材前，喝道："跪下。"

扑通，刘十三跪得毫无廉耻，在哭丧这行算得上天赋异禀。

5

哀乐洪亮，两人并肩而跪，毛婷婷说："真的不方便。"

刘十三说："没事，我带着材料，慢慢解释。"

哭声停止了，监工的老道士不满地看过来，刘十三心领神会，干号起来，可他光哭不念，显得十分业余，毛婷婷赶紧哭喊："跟我学。韩牛大伯啊！"

刘十三也喊："韩牛大伯啊！"

毛婷婷喊："好不容易啊！"

刘十三也喊："好不容易啊！"

毛婷婷见旁人转移注意力，小声对刘十三说："我太忙了。"

刘十三大喊："我太忙了！"

毛婷婷心中一突，差点摔倒，幸亏老道士耳朵不灵光，并没指责，她赶紧说："今天没空，明天再说。"

刘十三心想，今天你干活，明天干完活去毛志杰那儿挨揍，行程紧凑，肯定没空，赶紧说："婷婷姐，没时间看材料，我说给你听，两句话的事。"

毛婷婷起个高调，哭腔最高亢处气息一断，十分有技巧，咿咿呀呀地喊："韩牛大伯啊，你有什么话，尽管跟我说。"

刘十三哭丧着脸，抽泣地说："我整理好资料，发现你没结婚，生育险不合适。养老跟伤害险呢，简直为你量身定做的。你想，三天两头被打，打出个三长两短，能领多少保金……"

老道士咳嗽一声，刘十三只好先停下，干号几声，毛婷婷提点说："眼泪，要挤点。"

流泪对刘十三来说，与生俱来，并不困难，然而周围闹哄哄的，老道长念念有词画符，他发挥不出实力。

刘十三踌躇，问："你身上带风油精、辣椒油什么的了吗？"

毛婷婷说她不需要，传授了些入戏理论，鼓励他："你就想象丁晨惨的事情，加油。"

刘十三立刻想到牡丹。他努力回想，牡丹跟她男友撑着一把伞的场景，遭遇的每一句羞辱，奇怪的是，内心酸酸胀胀，一滴眼泪没掉下来。

他的眼泪好像在考场那天全部流光，悲伤干涸成黑夜的形状。他能走回无边无际的黑夜，高铁飞驰，大雪纷扬，高一脚低一脚，脚印渗透着过去的泪水，但他现在一滴都没有。

考场那天，悲伤到极点，夜凝固了，他拼死拼活，想抓住一缕光。

从此以后，卑微刻苦，但是不想哭。

6 /

葬礼最后一环，上山挂灯。

老道长带齐家当，跟小徒弟摇着红幡铃铛走在最前。死者家属披麻戴孝，列成整齐的长队跟随。人们挎着装满纸钱的篮子，另一只手提一盏灯笼。

毛婷婷和刘十三走在末尾，这时哭声不用太大，意思意思即可，走到小镇上山的路口，工作基本结束。

毛婷婷嗓子嘶哑，仰头滴眼药水。刘十三状态正勇，说："婷婷姐，你老哭老哭，对眼睛不好。医疗险有一条专门说这个，视网膜哭到脱落，给你补，多么全面周到。"

毛婷婷认真地问："我听不懂，问你一句，有没有什么保险，保证一个人不去赌博。"

刘十三龇牙咧嘴，脑仁疼。

毛婷婷不等解释，摇头说："肯定没有，没有的话，没法彻底帮我。算了，你这些意外险、医疗险、理财啊什么的，我全买。如果啊，你们公司赔我钱了，这些钱给谁？"

刘十三不吭声，心想八成是毛志杰啊。

毛婷婷说："给我弟弟。可他不戒赌，钱也全流到牌桌上。"她说得平静，哭肿的眼睛里，深深藏着悲伤。

刘十三顽强地说："婷婷姐，别这么悲观。退一万步，你看，哪怕最后损失了金钱，也许，或者，可能，你会收获弟弟的亲情。"

这种话也说得出来，可能就是保险员的敬业吧。

毛婷婷笑笑，不知被刘十三的执着打动，还是真这么想："行，那我买几份，受益人毛志杰。"

刘十三屁颠颠掏保单，考虑到毛婷婷碍于他面子买的，不好意思挣太多，只拿出基本的医疗和意外险，乐呵呵地说："先签名，后面的我帮你办。"

意外的是，毛婷婷说："刚刚不是说，还有理财和投资吗，都拿来。"

刘十三不解，毛婷婷沉默半晌，说："能给的都给他，希望他不要再怪我。"

一沓保险单签名完毕，接下来再让毛志杰签名，刘十三就成功完成一笔大单。照理说，应该高兴，刘十三却觉得胸闷。

毛婷婷签单的过程中，仔细询问毛志杰得到的收益，丝毫没问有关自己的问题。

7 /

上山路口，人群嘈杂，程霜牵着球球的小手，迎面碰到刘十三，她一把揪住刘十三的衣领："为什么不带上我？是不是怕给我分红？要不是陈裁缝嘴巴大，我还找不到你，忘恩负义的白眼狼。"

刘十三说："葬礼不适合美女。"

程霜立刻非常满意。

刘十三说："对了，保单毛婷婷签了。"

程霜兴奋："恭喜！看你黑着脸出来，还以为黄了。哎，你不高兴啊？"

刘十三闷闷地说："受益人毛志杰。连理财盈余的账户都是他的。"刘十三突然想起，毛婷婷说不清楚毛志杰的具体账户，明天得去问一趟。

程霜听了一撇嘴，转移话题问："他们在做什么？"

老道长画好符，点火，引燃一根火把，再用火把引燃死者长子的灯笼，其他亲戚跟着点着灯笼。没过多久，长长一排队伍的人，身侧都发出幽红的火光。

这是云边镇的习俗，程霜没见过。刘十三解释："我们镇传说，人刚死，会在天上晃。魂魄回家的话，容易走错路，在大山迷失，成为孤魂野鬼。所以我们云边镇的葬礼，家属和帮忙的乡亲，要沿着山路挂灯笼，一直挂到山顶，魂魄就不会迷路，找到回家的方向。"

程霜听得入神，望着那些披麻戴孝的老老少少身影，在灯笼的火光里摇曳，黑暗中一点一点的光，逐渐蜿蜒向上，密林中亮起一条灯笼做的小路。

夏日八月的大山，起了夜雾，时浓时淡，那条像火焰组成的项链，时明时暗。

刘十三说："韩家子孙多，挂得快，手脚利索的话，不用到半夜，山上就会挂满灯笼。"

一阵雾气飘动，球球的声音有点颤抖："那如果……如果没点灯笼，魂魄能回来吗？"

刘十三打算作弄她，说回不来，谁也找不到，谁也不记得。没说出口，他的心也开始颤抖，想了想说："其实呢，对死去的人来说，每个在世上活着的重要的人，都是他们灵魂最亮的灯笼。他们总会放心不下，永远都在寻找，一定能回来。"

球球抽抽鼻子："那就好。"

程霜掰着手指说："我刚刚数了数，对我重要的人太多了，那我死后，灵魂岂不是每天都在跑马拉松。"她眼睛一亮："你们以后多去点有趣的地方，这样我的灵魂跟着你们，相当于环游世界。"

球球和她一起笑，刘十三望着程霜，想起一张张病危通知书，心里说不出来地慌。

一个老汉拿着手电筒，冲他们喊："闲着干什么，起雾了，别让大家伙走散，拿手电筒，上山接应。"

球球起劲了，说："我们也去看灯笼。"

8

三人跟着上山，头顶灯笼点点，像一溜萤火虫。脚下手电筒白光交织，像一片小小的蛛网，往山上罩去。

程霜觉得新鲜，灯笼顶端一根细细铁丝，绞在树枝上挂着。有几盏燃烧殆尽，手电筒一照，细灰飞舞，在八月的一个角落下起黑灰色的雪。

刘十三说："别看了，走吧。"

三人一路小跑，发现队伍停在山腰，挂灯的，会合的，吵吵嚷嚷，情绪激动。

程霜问："怎么啦？"

刘十三抻抻脖子，人头攒动，看不清楚，说："你们等等，我去看看。"

他挤到前头，人群中间几个民警张开双臂，拦住挂灯笼的。领头的民警他居然认识，新来云边镇的，带球球去派出所时接待他们的闫小文。

当初刘十三就觉得，这位民警很爱发表个人意见，此刻他果然在演讲。

"各位乡亲，我已经把话都说得很清楚了！上级通知督促我们，一定一定要防止山火！大家心里也有数，因为咱们落后的习俗，这座山被烧了几次？"

一位死者家属高声回答："三次！"

群众哄然大笑，显然不把年轻警官放在眼里。

带刘十三上山的老汉扯嗓子喊："小闫啊，你不懂云边镇的风俗，去问问所里的程队，这么多年，他管过这个事情没有！"

闫警官绷住脸："对，他没有管，结果呢，上次山火造成林木损失十公亩，镇民两人受伤！实话告诉你们，老程监管不力，要被撤职了！"

群众一片哗然，闫警官又说："好话不听，行，干活！"

几个年轻民警摘下树上的灯笼，用嘴吹，吹不灭，只好放地上踩。一声怒吼，浑身素白、头顶麻布的死者长子冲出来："给我爹挂的灯笼，你们再动一个试试！"

闫小文按住枪套，跟电影里一样，喊："退后，退后，不然告你袭警！"

刘十三一看不好，真打起来会出大事，赶紧拉住他："闫警官，你听我一句。"

闫小文瞥一眼说："是你？还跟老婆吵架吗？"

这话说的，没见着群情激愤吗，刘十三都想一走了之，让他自生自灭算了。不行，在场只有他能站出来制止冲突，读过大学的，乡亲们会给点面子。

他劝闫小文："闫警官，如果你一定要干这个勾当，你等他们下山了，偷偷来执法也可以的。我们云边镇啊，人单拎出来，灰头耷脑，人一多就无法无天，你犯不着啊！"

刘十三说得贴心动情，老汉见他们嘀嘀咕咕，不满了："谁家的小子，跟他们一伙吗？"

刘十三蹿到老头那头，一口家乡话："阿伯，我是王莺莺外孙，最近刚回来。我跟他商量呢，外地人不懂事，现在已经怕了。我们别把事情搞大，进局子不光彩，您说对不？"

闫警官不吭声，老汉不吭声，只剩韩家长子。刘十三面上有光，觉得自己连横合纵，马上将要一统战国。

他蹿到韩家长子那头，信心满满："大哥……"

刚冒两个字，韩家长子拎着燃烧的火把，抢个圆，嘶声大叫："谁动我爹的灯笼，我弄死他！"

场面顿时混乱，民警灭灯笼，家属护灯笼，帮忙的乡亲喊："别动手别动手！"

火星乱溅，你推我踹，有继续上山挂的，有下山逃跑的，有跟民警纠缠的，刘十三赶紧奋力往后退，手电筒都被人打掉。

他跌跌撞撞，跑回原地，愣住了。

大概是被人群冲散，程霜和球球不知道什么时候，已经不见。

夏夜的歌声，冬至的歌声，

都从水面掠过，皱起一层波纹，

像天空坠落的泪水，又归于天空。

人们随口说的一些话，跌落墙角，

风吹不走，阳光烧不掉，独自沉眠。

Chapter

11

山中夜航船

1 /

山道纠纷高潮迭起，刘十三躲开人群，匆忙掏出手机，信号空格。他左右看看，着急了，半夜把人弄丢山里没法交代，一咬牙，挽起裤管，选了棵最粗壮挺直的树往上爬。

爬到一大半，手机响，连续来了两条短信。

"您好，截至 8 月 9 日 21 时，您的话费余额已不足 20 元，请尽快充值。"

"您好，截至 8 月 9 日 21 时，您的话费余额已不足 10 元，请尽快充值。"

信号多了两格，说不定下一秒就停机，他赶紧打给程霜。电话接通，他还没开口，对面劈头盖脸一顿责备。

"你跑哪儿去了？这么久不回来？我跟球球差点被人推倒！"

"啊？"

"啊什么啊，男人不保护自己的妻女，跑去看什么打架？我怎么瞎了眼看上你这种男人！"

刘十三好气，她讲不讲理的，可惜要停机了，不然真的跟她对骂到天亮。他愤怒地说："喂！"

"怎么样？"

刘十三斩钉截铁："对不起。"

听到突如其来的道歉，程霜声音透露着舒爽："快来，我在球球家。"

"所以球球家在哪里？"

"水库边，水库你认识吧？哎，东南西北我分不清，月亮左边吧……这儿两轮月亮，天上一个，水中一个，我们就在水中月亮的左边……"

刘十三差点从树上掉下来，克制地问："有什么特别的标志吗？"

"哦，球球说了，离老码头五十米。"

电话挂断，刘十三骑在一根枝丫上，扭头往山道岔路另一头望去。

树影之间，闪烁一块镜面。这边人声鼎沸，那边幽静安然。每棵树每缕风，抱着浅白色的月光，漫山遍野唱着小夜曲。山腰围出巨大的翡翠，水面明亮，一片一片，细细铺成纺锤体，像一支月光的沙漏。那墨墨的蓝，深夜也能看见山峰的影子，仿佛凝固了一年又一年。

刘十三小时候来过水库许多次，印象中，水库秋冬弥漫水雾，春夏明艳斑斓，白天水波娴静温柔，深不见底。它能包裹孩子仰面漂游，也藏着吃人水猴的传说。深夜去水库，连他都是第一次。

2 /

山坡一角贴着水库，狭窄的道旁，扯了根水泥杆，孤零零吊一盏灯泡。灯泡散淡的光线下，照着一个突兀的棚子。

几根木棍撑起塑料布，石棉瓦堆成棚顶，围着几层纸箱木板，用布条和塑料袋捆绑住，当作墙壁。

程霜和球球站在棚子前头，迎接刘十三。他呆了一下，问："球球，你住这儿？"

语气里的怀疑，其实是同情，刺痛了球球。她叉着腰，背后木门一晃一晃，神气地说："是啊，很漂亮吧！"

丁零当啷一串脆响，门头挂着风铃，是球球捡来的瓶子和易拉罐做的。刘十三咧嘴笑："漂亮的。"

小女孩认真填补了屋顶和墙面的所有空隙，她心里，这个棚子一定是亮晶晶的，发光的。

球球认为刘十三没有心悦诚服，打开破门："里面更漂亮。"

棚内亮堂堂，地面铺满泡沫板，仔细一看，分出了休息区和厨房区。一侧整齐摆着沙发垫，正好是张床的大小。一侧是不锈钢货架，架子上搁着半桶大米、调料瓶、锅碗瓢盆。

它们是球球的家具，垃圾拼凑出来，但并不肮脏，通通擦洗过。

空间不小，三个人在里面，也能转开身。球球扒拉出一块蜂窝煤，放进炉子开始烧水，动作娴熟。刘十三问："球球，你一个人住吗？"

球球摇头："我爸爸不在家。你们别站着，坐啊。"刘十三松口气，怕球球说她爸爸去世了，这样的话就要安慰她，安慰是他最不擅长的事情。

球球抽出两只扁扁的玩具熊，地上一蹾，作为暂时性的凳子，她拍拍熊脑袋："大花，小花，你们终于能为这个家做贡献了。"她丁零当啷翻架子，找到方便面。水没烧开，棚内煤烟滚滚，两人咳得天昏地暗，球球不好意思地说："平时炉子放外面，前两天受潮了。"

程霜咳着说："没事，方便面干吃也行。"

球球噘着嘴，他们第一次到家里来，她不想简陋招待："走，我有办法，带你们去个好地方。"

3 /

刘十三怀中抱着一堆杂货，洋葱方便面香菜鸡蛋，球球拾掇出来的。三人一起走不远，到了水库边，球球扫开长长的枯干芦苇，竟露出一艘小破船。

这样的船，刘十三并不陌生。水库是镇民夏天最爱去的地方，妇女孩子拖个澡盆下水摸菱角，男人撒开渔网，拉动船尾小马达，突突突的，一会儿便收获一大网肥鱼。慢慢地，水库禁止养殖鱼苗，初中以后再见不到这种景象。

球球给他们看的小船十分陈旧，船体边缘磨白，脆裂开口，马达盖着草席，掀开黑黢黢的，似乎还能用。马达旁放着柴油桶和钓竿，船中间立一只小小的酒精炉。可以想象，如果天气晴朗，球球一丁点大的身子，斜靠船沿，手握钓竿，钓到点什么就投到炉子里，自由自在，可惜不顶饱。

球球跳到船上，开动马达。兴奋的程霜蹦到船头，小船立刻剧烈波动，球球一屁股坐在尾部，死死压住，船尾依然高高翘起。

程霜站不稳，刘十三喊："滚！往后面滚！"

程霜往船尾努力匍匐，船身恢复平衡，三人围着酒精炉坐好。

月光洗干净了一切，深夜的山腰又亮又清澈。水面平静，马达奋力振作，两道水纹在船边向后划去。水库冷清多年，水草摇动，里面小鱼小虾悄悄活动，气泡不时冒出，静静碎裂。

这是最动人的夏夜，谁也不想说话。水在锅中满上，酒精炉蓝色的火焰舔着锅底，气罐噬噬作响。

以前一旦场合沉寂，刘十三都试图说些什么，他怕冷场，尽管结果常常更尴尬。现在却很奇怪，他、球球、程霜，各靠一边，围住火炉，一声不吭，但他们的表情那么松弛悠闲。刘十三发觉，人和人之间舒服的关系，是可以一直不说话，也可以随时说话。

他的脑海像挣扎过的水面，许许多多的回忆，思虑如同波纹，缓缓扩散，最终消失，留下平如空白的思绪，只剩轻轻的一声：真好啊。

"呀！"程霜说，"那是不是射手座？"

刘十三仰头望星空，歪歪头："我不懂星座。"

程霜由衷感慨："你少了好多跟女孩搭讪的机会，虽然星座幼稚，可人与人的相处，就从废话开始。"

刘十三不以为然，她大方地伸出手："没关系，我搭讪你吧。你好，我叫程霜，一月三十，水瓶座。"

刘十三猝不及防，迅速握下手："刘十三，六月末，好像属于巨蟹座。"

程霜像煞有介事地分析："巨蟹座的男人，乍看顾家老实，对女朋友温柔体贴，其实内心特别封闭。"

"封闭？这么严重？"

程霜确认地点头："他们关心别人的情绪，自己的心事却藏得很深，不对人倾诉。哎，你是不是这样？"

刘十三回过味了，女孩子真是可怕的生物，拐弯抹角地八卦，幸亏他机警，否则一不留心落入圈套。

他琢磨着怎么回话，球球紧盯着锅中的水，看到有点沸腾，吼巴巴撕开方便面袋子，放下面饼、调料，磕鸡蛋，百忙中插话："我呢我呢？我春天出生的，什么星座？"

程霜问："你生日几月几号？"

球球撇撇嘴："爸爸没跟我说过。"

程霜摸摸她脑袋："春天啊，看你这么贪吃，金牛吧？"

球球瞪大眼睛："不是的！我吃很少！等我想想，我记得是农历四月……"

小家伙冥思苦想，刘十三抢先提问："你先讲讲，你有什么心事？"

程霜靠着船舷，出神地仰望星空，月光洒满脸庞，头发在洁白的耳边拂过。"我的心事啊，最近的话，可能快回家了。"

"你家在哪里？"

"新加坡。"

刘十三坐直了，惊奇地问："你是外国人啊？"

程霜闭上眼睛，风和月光包裹着她，声音轻柔："爸妈说那里一家医院的院长，是他们的大学同学，所以搬过去。后来我就从家到医院，从医院到家，很少去别的地方。"

她闭着眼睛微笑："我离开过三次，这是第三次，他们催我回家。"

刘十三呆呆望着她，心里突然失落。那个童年时相遇的小女孩，曾经坐在他自行车后，小小的脸贴在后背，哭得稀里哗啦，说自己快要死了。

他们都长大了，小女孩不哭了，可是，她依然是那片夜色中的萤火虫，飞来飞去，忽明忽暗，不知道什么时候，就永远看不见了，消失在黑夜里。

风吹散的芦苇花，漂浮水面，一蓬蓬地流过来，像开放的水母。

程霜唰地睁开眼，惊喜地举起手，握着一瓶落灰的白酒："谁留船上的？"她用衣摆擦擦，眉开眼笑："来来，我们玩游戏。"

球球兴致勃勃："什么游戏，我也要玩。"

程霜指指酒精炉："小孩不能玩，做饭。"

球球"哦"了声，委屈地搅拌面条。

不等刘十三答应，程霜说："真心话大冒险，猜拳定输赢，你敢不敢？"

刘十三冷笑："有什么不敢，大不了喝过期白酒，送医院抢救。"

程霜拿一次性杯子，倒上白酒，两人一饮而尽，警惕地盯着对方，大喝一声："石头剪子布！"

程霜翻翻白眼，收回拳头。摊着布的刘十三得意扬扬，骄傲地整理头发。

程霜厌恶地横他一眼，撇撇嘴："我选大冒险。说吧，让我跳水还是脱衣服。"

刘十三动作顿住，噎了下，结结巴巴地说："玩……玩……玩这么大？算……算……算了……这样，你唱个歌吧。"

程霜"切"了一声，鄙视对手："没劲。"

程霜平时说话大大咧咧，唱歌细细柔柔。她唱：

> 没什么可给你
>
> 但求凭这阕歌
>
> 谢谢你风雨里都不退
>
> 愿陪着我
>
> 暂别今天的你
>
> 但求凭我爱火
>
> 活在你心内
>
> 分开也像同度过

第一句开始，刘十三觉得熟悉。听着听着，在山野间的夏夜，他猛地回到了大一的冬至，全校女生都缩在蓝色塑料棚吃麻辣汤，他一眼望见牡丹，人群喧嚣中，牡丹仰着干净的脸，对着筷子上的粉条吹气。

冰凉的空气涌动，塑料棚透映暗黄的灯光，蓝天百货门外的音箱在放张国荣的歌：

　　没什么可给你

　　但求凭这阕歌

　　谢谢你风雨里都不退

　　愿陪着我

　　暂别今天的你

　　但求凭我爱火

　　活在你心内

　　分开也像同度过

夏夜的歌声，冬至的歌声，都从水面掠过，皱起一层波纹，像天空坠落的泪水，又归于天空。掌声传来，刘十三回神，球球正热烈鼓掌。程霜矜持地点头，扬扬下巴："怎么样？"

刘十三定定神，说："粤语发音挺标准啊。"

程霜得意忘形，大喝："再来！石头剪子布！"

这次刘十三输了，程霜满脸期待，他选择喝酒。

第三局，刘十三输了，他选择喝酒。

第四局，刘十三再输，看见程霜球球鄙视的眼神，心态爆炸，喊："我怕个鬼，我选大冒险！"

其实他不敢再喝，偷偷思忖，刚刚对程霜十分友好，仅仅让她唱歌，想必她投桃报李，不至于太过分。

结果程霜等这个机会太久，快乐大叫："脱裤子！"

刘十三几乎一头栽下船："有点尺度好不好！一个大姑娘，不是自己脱衣服，就叫男人脱裤子，三俗！"

程霜一挥手："要你管！"

"换一个。"

"你说换就换？一点游戏规则都不讲？"程霜有点不满，"下个你不能换了。"

"只要你不侮辱我，我都接受。"

"好，那你给牡丹打个电话。"

船上蓦然安静。

球球左右看看两人，虽然不知道牡丹是谁，但也紧张起来，似乎有不得了的事情要发生。

刘十三艰难地开口："我停机了。"

程霜递过去手机："号码你肯定记得。"

做事情真绝啊，刘十三低头看着程霜的手机，徒劳地拖延时间，终于等到球球喊："煮好啦，煮好啦。"

锅里微黄透明的面条热气腾腾扑动，散发着洋葱辣椒和鸡汤的香气。球球抬手用船桨钩过湖心的干莲枝，拗断后折成三人的筷子，递给他俩。

刘十三正气凛然，放下手机："先吃饭。"说完他捞起面条，猛吃一大口。

太烫了。

烫死我了。

不能停下来，只能靠坚强的意志力。

刘十三吃下滚烫的面条，心如死灰。

程霜喝了口酒，冷冷地说："玩不起别玩。"

刘十三莫名悲愤，这么做对她有什么好处呢？看他弱小无助的样子很下饭吗？

嘲讽的声音还在继续："想不到连打电话的勇气都没有，那你卖一千份保单有什么用，还是没胆去追回她啊。"

刘十三快被烫哭了。

他不止一次想给牡丹打电话，话到嘴边，没什么好问的。那些反复纠缠的为什么，在分手之后的几个月中渐渐消散，露出它们简单粗暴的本质。所有的为什么，答案很简单，她不爱你。剩下能说的只有，你好吗，最近怎么样，你快乐吗？

或者，你有没有偶尔想起我？

无数次拿起手机，又放下，刘十三反复思考，末了只剩一句话：我可不可以继续等你？

他确认，这是唯一要问的话了。对方给出否定回答，他的心可以安静很久。也许不是死心，像岛国无数座沉眠的火山，爱意与渴望缩进地幔下面，缓缓跳动，没有死，可也不会再折腾了。

刘十三缓缓放下筷子，握住手机，按下号码。手指不听话地颤抖，哆哆嗦嗦按了几次，总算按完。

程霜假装吃面，不敢发出咀嚼的声音，含着面条慢慢咽，跟吃药一样。

接通了，手机免提，清晰的女声："您好，您拨打的号码是空号，请您查证后再拨。"刘十三大惊失色，反复确认，号码并未背错，脑海中的字条无比清晰，数字个个都对，再拨一遍。

"您好，您拨打的号码是空号，请您查证后再拨。"

刘十三傻眼了。程霜见没戏唱，不再假装吃面，而是真的吃面，吃得呼噜呼噜，边吃边热情猜测："两种可能，一、她注销了号码。二、给你的是假号码。"

"不可能。"刘十三喃喃自语。

程霜放下筷子，满足地说："事到如今，你还有一个办法。"

刘十三失魂落魄："什么办法？"

程霜双手往后脑一枕，舒适地靠着船舷，半躺，笑嘻嘻地说："再找一个啊。"

刘十三下意识地刚要说，到哪里去找，话咽了回去。望着面前美丽的女孩，微微扬起的嘴角，跷着个二郎腿，他怔怔地想起，收到过两张字条。

它们夹在笔记本最后的空白页，像夹在时光的罅隙，人们随口说的一些话，跌落墙角，风吹不走，阳光烧不掉，独自沉眠。

十几年前的一张写着：

　　喂！

　　我开学了。

　　要是我能活下去，就做你女朋友。

　　够义气吧？

两年前的一张写着：

　　喂！

　　这次不算。

　　要是我还能活着，活到再见面，上次说的才算。

她活下来了。

刘十三无法得知，活着对她来说，有多艰难。从七月云边镇再见面，关于这两张字条，两人有默契地从来不提。刘十三偶尔想起，那程霜呢，她是否偶尔也会想起自己开过的玩笑？

两张字条平躺页面之间，和刘十三千千万万的人生目标一起，穿越晨光暮色，没有一个字丢失。

今天走神太多次了。刘十三半天不作声，程霜莫名其妙怒气勃发，把酒瓶一蹾："继续，不信弄不死你。"

刘十三彻底丧失气势，颤颤巍巍出剪刀，怯怯地递出去，程霜的拳头已经怼到鼻子底下，干净利落，赢了。

刘十三硬着头皮："我选真心话。"

程霜冷笑一声："好，做女朋友的话，我跟牡丹，你选谁？"

这个问题如晴天霹雳，炸得刘十三魂飞魄散。毫无逻辑，不可理喻。她今晚怎么了，也没喝多少啊，趁着月黑风高，咄咄逼人，杀人不见血。

刘十三老实回答："牡丹。"

程霜眉毛倒竖，气得点头，小脑袋一下一下点着："继续，石头剪刀布！"

刘十三的布迎来杀气腾腾的剪刀。

程霜一脚踏上船舷，居高临下，威风凛凛指着他："第二个问题，做女朋友的话，我跟牡丹，你选谁？"

刘十三眼睛一闭："牡丹。"

程霜牙齿咬得咯吱响，捏起了指关节。

"糟了！"球球叫起来。

刘十三心想，小孩子真迟钝，船上要发生殴打事件，当然糟了。

球球紧接着又喊："扎心了老铁，船漏水了！"

刘十三低头一看，鞋子湿透，船果然在漏水，之前还以为是自己的冷汗。他本能地跳起来，脱下短袖去堵缺口，程霜一脚把他踹开："漏就漏，现在你回答我第三个问题，要是答错了，就跟船一起沉下去吧！"

刘十三不敢置信，满脸震惊地看着程霜。程霜怒目相对，气得胸口起伏不定。两人情绪都很激烈，球球也在激烈地捞面。

都这时候了，她还捞什么面。刘十三绝望地想。

球球捞起面，递给程霜。程霜一边瞪他，一边吃面，而船在汩汩漏水，快漫到脚脖子了。

刘十三认命地说："你问你问。"

程霜冷冷地说："第三个问题，做女朋友的话，我跟牡丹，你选谁？"问完吃了口面，警告地斜眼看他，补了句："说过了，答错了，你就跟船一起沉下去吧。"

刘十三看着脚下的水，缺口咕嘟嘟冒泡泡，几乎要成喷泉，小船下沉的趋势越来越明显。他还有空想到一个问题，如果小船装满了水，月亮也会倒映在里面吗？

水终于漫过脚脖子，程霜悠悠叹了口气，说："算了，不逼你，你选我，我也没什么自豪的。拉倒，呸，吃面吧。"

刘十三缩缩脖子，忍不住小声问："水漏成这样，估计船快沉了，还吃面？"

程霜和球球不屑地丢他一个白眼，说："大不了游回去，你激动什么？"

刘十三沉默一会儿，缓缓说："我不会游泳。"

十秒钟后，小船开足马力，疯狂向水岸冲去。遗憾的是，露出水面的船体越冲越低，伴随马达声，还有刘十三的哀号，和程霜母女无力的安慰。

"救命啊！"

"爸爸别怕，船上有救生圈。"

"球球，救生圈好像是破的，只有半个。"

"哦，妈妈那怎么办？"

"刘十三，我现在教你蛙泳，你学得会吗？"

我找啊找啊，

找到最完美的妈妈。

她唯一的缺点，

就是不在我身边。

Chapter

12

云下丢失的人，

月下团圆的饭

1

八月照样过得很快。球球跟着程霜，学会拼音，歪歪扭扭能写下刘十三的名字。天气闷热，她的棚子临水，稍微好些，但晚上蚊虫飞舞，让她搬出来住进小院，她不答应，因为要照顾父亲。她捣鼓着旧蚊帐，做成门帘，拔菖蒲熏蚊子，好几天没出现。

县城的经济开发区往山这边延伸，十几公里外工地密布，一栋一栋楼房竖立，镇上许多人家组团去查看，听说买房的不少。涉及房价的话题，街头巷尾逐渐多起来。

刘十三没闲着，早饭后挨家挨户拜访。起初他非常急迫，一看对方没有投保的意思，立即打算告辞，却被摁在板凳上唠嗑，聊着聊着聊出兴致，每天喝一肚子茶。月底一统计，落听二三十单，收获不小。

他惦记着找毛志杰签字，又厌烦那个暴力分子，搞得心烦意乱。纠结一阵，下定决心，这天风和日丽，他吃饱喝足，对着一朵闭合的牵牛花叹气："看来我不得不去了。"

牵牛花无话可说，刘十三咬咬牙，沉重地迈出家门。

2 /

月底，补习班结束了，临近开学，程霜闲得慌。她溜达进院子，王莺莺拖出齐腰高的柳筐，示意她赶紧过来。

程霜掏出马克笔，问："十三呢？"

王莺莺说："谈业务去了。来，帮婆婆一个忙。"

程霜举着马克笔说："笔都带来了，外婆你要写什么？"

王莺莺说："这两天琢磨，小卖部搞点优惠活动，得写个告示。我不识字，靠你了。喏，在这上面写，字大点，就写……从今天起，购买刘十三保险的人，小卖部通通打折。买一份保险九折，两份八折，超过五份，全部六折包免费送货上门。就这样。"

程霜大惊小怪："外婆，活动力度有点大啊，这不亏本吗？"

王莺莺满不在乎地摇头："不要紧，产业小有小的好处，既没有发财的指望，破产的损失也很有限。别紧张，按我说的写。对了，帮我改改，写得有文化点。"

泡沫板两米乘以一米的面积，程霜吭哧吭哧写完，擦擦汗，退后两步审视自己的作品。程霜字迹端正娟秀，疏密均匀，仔细描了空心体，往门口一摆，还算美观。

王莺莺叼着烟，由衷地赞美："写得跟画似的，真漂亮。"

程霜投桃报李："还是外婆你精神伟大，勇于牺牲。"

一老一小看着刚出炉的海报，互相吹捧，小路传来大喇叭播放的音乐，歌声越来越近，伴随着吆喝的声音：

"爱情三十八计，要随时保持美丽。"

"旺发超市开业一周年大酬宾！"

"就像一场游戏，要自己掌握遥控器。"

"会员大派送，全场特价商品等你抢！"

王莺莺咕哝了句，什么鬼东西。一辆面包车停下，后头跟着几辆摩托，七八个超市员工往墙上贴传单。

面包车副驾驶门打开，蹦下一个富态的老太太，白白胖胖，头发烫卷染黑，颠颠走进小卖部，递过两张传单："王莺莺啊，闲着呢？我们超市做活动，你瞅瞅，看中的给你搞员工价。"

王莺莺拍拍围裙，面无表情，转身去整理货架。

程霜接了传单，红底黄字，印着卫生纸、食用油一溜商品的照片，排版正式。她不由得喃喃自语："对呀，我们怎么没想到还有打印店呢？"

王莺莺悠悠地丢话："拉倒吧，我什么都有，用得着去你那儿买？口气别太大，管个面点部，搞得跟超市老板娘一样。哎，要我说，自己开店舒服踏实，给别人打工还要看脸色吃饭。"话到一半，她嚓地点着根烟，云淡风轻地说："没什么意思。"

胖老太抽回宣传单，给自己扇风："有些人的脾气大，打工也没人要，对吧小姑娘？"

程霜内心冷冷一笑，这老太太情商不高，也不看看她是谁的人，旗帜鲜明地亮出立场："有本事的人当然有脾气，没本事的人才没脾气。"

王莺莺精神抖擞，烟头似乎都亮了一亮，她赞许地看了看程霜，对老太说："小年轻多懂事，你老糊涂了，好好的馒头铺不开，连工人带方子卖给超市，很光荣？"

老太脸一红，动作频率变快，挥着手喷口水："王莺莺，跟你好好说话是不行的，你一定要张嘴咬人，那别怪我放话。什么时代了，小铺子小店面能活多久？打开你的狗眼，云边镇才多大，好多多、联合、丰达，这边超市，那边卖场，开了七八个。再看看你，一天几个客人上门？"

听到连珠炮似的发问，一般人会陷入沉思。王莺莺吐个烟圈："就算没有生意，我也开着，为什么呢，因为我要开着气死你。"

胖老太果然被气到，哼唧哼唧，说："哟哟哟，看你能撑多久。"讲完这句毫无气势的话，老太爬上面包车，在音乐声中走了。

程霜好奇地问："谁呀，那么不客气，像个挑事儿的。"

王莺莺摇了摇头："年轻时候的小姐妹，以前说，女性要自强，顶半边天。年纪大了，改口了，说这一代人不行，镇子小，耽误她了。管不了，别理她。"她脱下套袖，吹了口气，淡青色烟雾笔直冲出，消散，像若无其事吹掉了往昔。

程霜心想，好拉风的老太太。

　　两人正要进门，超市车队已经拐弯，音乐声渐弱，一个小伙子脱离车队，噌噌跑回。他十七八岁，白衬衣，瘦瘦的，跑到王莺莺面前，涨红了脸，低头小声说："阿婆您别生气，我奶奶就这样，您别跟她计较，我帮她赔不是。"

　　王莺莺笑了，吧嗒着烟头："咳，臭小子，读书读傻了？先骂人的是我，要不要我道歉呀？"

　　小伙子嘿嘿挠着头，跟着笑："知道您老人家肚量大，那行，我回去了，司机师傅还等着。"

　　王莺莺叫住他："等一下。"

　　"什么事阿婆？"

　　"高考成绩下来没？"

　　"我明年才高考呢。"

　　王莺莺有点怅然："哦，都记岔了，明年才考啊，你等我下。"她转身进屋，提两袋东西过来。"晒好的木耳和枸杞，你读书费眼睛，枸杞白天吃，木耳晚上炒着吃，干净的，不用洗直接泡。"

　　小伙子脸更红了："谢谢阿婆，不用……"

　　王莺莺硬塞到他手里："贵的我送不起，好好念书，别有压力，不用非得什么清华北大，人怎么过，不都是一辈子。拿上，赶紧回去。"

　　少年怕同伴等急，推两下还是拿了，鞠了个躬："谢谢阿婆，再见。"

3

咚，王莺莺一刀剁开一只板鸭，程霜眼珠滴溜溜转，说："外婆，你都送他木耳枸杞，我跟你这么熟，你有啥好东西送我？"

王莺莺打开冰箱门，取下一个陶瓷缸，打开盖子，下层晶莹的米粒严严实实，上层漂着酒香扑鼻的糖水，闻着都甜。

程霜眼睛发光："酒酿吗！外婆你自己做的吗？！"

王莺莺舀了一碗递给她："昨天熟的，一直说给你做，尝尝。"

程霜吃得眼眉笑成花，一边吃一边盯着陶瓷缸，白色的外壁附着细细水珠，看着就让人凉快不少，已经开始惦记第二碗。

院内微风习习，连吃两碗，不用空调都觉得凉爽。程霜惬意地打了个嗝，说："外婆，小时候刘十三偷过你酿的酒给我喝。"

王莺莺停了手中的活，坐在竹椅上抽烟，笑呵呵地说："知道他偷酒了，那天他一回家就扑在床上，一口气睡到半夜。我这个外孙，从小到大，就是笨，谁家四年级泡妞给人家喝酒的。"

阳光一跳一跳，桃树投下来影子，让老太太满身都是光和叶子，她叼着烟，一笑，皱纹盛开，白头发被风吹得有些乱。

吃了酒酿，风一激，程霜脸有些红，她说："外婆，我替你梳头。"

王莺莺有午睡的习惯，半躺竹椅，眼睛眯缝，轻声唠叨，开始问程霜的喜好，对什么样的男孩子感兴趣。程霜蹙着小眉头，替老太太梳着头，认认真真回答。

"心肠要好。"

王莺莺点头。

"要有担当。"

王莺莺想想，也点头，鼓励她继续："具体呢？长相啊，工作啊，比方做保险的你喜不喜欢？"

程霜吃的酒酿，又不是白酒，不会醉，察觉王莺莺的用心，手停了，眯着眼看老太太。王莺莺偷眼发现，一个激灵，赶紧拍了下大腿，说："小霜，来来来，给你看个好东西。"

4

两人溜进刘十三的小房间，王莺莺打开柜子，被子底下摸出饼干盒，打开，两张写作文的方格纸。

"十三成绩不行，作文写得好，语文老师经常夸他。这篇选到县里头，参加什么比赛，拿过一等奖的。"

王莺莺说话间，一贯的不以为然，表情隐隐约约有骄傲。

"我不认字，问他写了啥，他不肯讲。他写作文，《记一件难忘的事》啦，《最美的春天》啦，都肯念给我听，那一篇咋就不行呢？嘿嘿，他以为小学的东西我卖废纸了，没想到会把这个留着。"

王莺莺得意地晃晃作文纸："趁你在，念给我听听。"

程霜也很兴奋，清清喉咙朗读："五年二班，刘十三，我的妈妈……"

题目念完，程霜的嗓子仿佛突然被掐了下，窗帘舞动，影子盖住王莺莺，老太太脸上的皱纹似乎深了许多。

程霜紧紧盯着纸上幼稚的笔迹，心跳得怦怦响，猛地咳嗽起来。

王莺莺拍她后背，说："怎么了，呛到了？"

程霜咳了好一会儿，说："没事，我继续念。"

我的妈妈有一双明亮的大眼睛，眼睛里装的都是我的身影。

我的妈妈有一张温柔的嘴巴，呼唤的都是我的名字。

春夏秋冬，我的妈妈永远温暖。日出日落，我的妈妈永远明亮。

我爱我的妈妈。

程霜声音拉得很长，饱含情感，念完鼓掌："虽然刘十三的字跟乌龟爬一样，文采还不错嘛。小学生这个水平，必须一等奖。"

王莺莺出神地听着，嘴角勉强勾起笑容："还以为什么了不起的秘密，普普通通的。"

她捋了捋白发，说："我去睡个午觉，你也休息会儿。十三的床干净，我早上重新铺过，天气热，别出去瞎跑。"

王莺莺转身走出房间，一向精神的她背影佝偻，程霜望着，觉得她很孤独，也很苍老。

程霜悄悄走到桃树下，旧旧的方桌上摆着一缸酒酿，陶瓷外壁凝了水珠，一颗一颗往下滑，像滚落几行泪。

小房间里，作文纸放回饼干盒，藏进柜子。

程霜临时编了一篇，五年级的刘十二，写的并不是这些。

5

五年二班　刘十三

我的妈妈

听镇上的人说，妈妈改嫁去了别的地方。她走的时候我四岁，连回忆都没给我留下。

我问过外婆，妈妈是什么样子，外婆不说。我就从别人妈妈身上，寻找她的影子。

小芳感冒了，妈妈把她抱在怀里，喂她喝药，所以我的妈妈，也会像她妈妈一样温柔。

怕牛大田饿肚子，妈妈往他书包塞鸡腿、奶糖和脆饼，所以我的妈妈，也会像他妈妈一样大方。

我找啊找啊，找到最完美的妈妈。

她唯一的缺点，就是不在我身边。

程霜坐在桌旁，托着下巴，望着门外的小路。柳树枝条挂得很低，满眼翠绿，不时有自行车骑过去。风和鸟反复经过这条小路，多少年也不停歇，枝叶婆娑摇摆，光影交错，远处的山峰沉默不语。

云边镇这个夏日最热的一天，女孩怔怔发呆，她在想，当年那个小男孩写一篇作文，写着写着，会不会哭。

女孩比陶瓷还要洁白的面孔，滑下水珠。不会有人知道，山间平凡的院子里，有个女孩为什么哭。

6 /

快餐档子出摊并不固定，毛志杰打一枪换一个地方。刘十三沿街打听，在油漆店旁边的巷子口找到。板车靠墙，板凳没收，毛志杰和三个中年男人围着塑料小桌子，热火朝天炸金花。他的手气显然糟糕，面前筷子大概当作筹码用的，只剩两三根，另外三人传递眼色，流露出要走的意思。刘十三磨磨蹭蹭，本以为牛大田烧了赌场，镇上赌徒会改邪归正，结果依然这么潇洒。

牌友看到刘十三，纷纷站起："阿杰，有人找你，明天玩。"

毛志杰踩灭烟头，脸红脖子粗："赢了就想走？我马上翻本，坐下坐下。"

牌友说："翻个球，你昨天输的一千块还没给，走了。"

刘十三寒暄："大家好，要不你们继续，打完我再跟他说话。"

三人拗不过毛志杰，怏怏坐下，毛志杰边洗牌边问："你来干什么？"

刘十三说："婷婷姐在我这儿买了几份保险，需要你签字。其中有份理财，需要你的账户信息，麻烦你报下账号。"

毛志杰刚点上的烟，一下摔掉，瞪着刘十三，牌都不洗，口水喷到刘十三脸上："滚！她不是要结婚了吗？马上要给老头了做老婆，还要当后妈，他妈的真不要脸，滚，她买的东西我不要！"

刘十三倒没听说毛婷婷结婚的消息，三个牌友七嘴八舌地讨论。

"给你买，你就拿，不要白不要。现在不拿，她把钱花到人家小孩身上，你多吃亏。"

"反正她跟外地人去南边，广州啊，以后肯定不回来了，你赶紧弄点好处。"

毛志杰重重扔下牌，问刘十三："那你说，什么保险，什么好处？"

刘十三忍住厌恶，拿出保单，耐心地指着几行重点："先说理财吧，根据婷婷姐购买的这份，时限十二年，你的年收益率是百分之六。如果你打算按月支取，每个月可以拿到两百多的项目分红。"

毛志杰瞟了眼："哦，送我钱？"

刘十三点头："差不多。"

毛志杰唰地夺过保单，往牌桌上一丢："你们听到了，每月两百块，一共十二年，我五千块卖给你们，谁要？"

牌友兴奋起哄，一人说："别，毛婷婷的东西谁敢碰啊？人人知道她晦气，克死娘老子，还是个哭丧的，真他妈脏。不小心碰到她的东西，得回家拿香灰洗手，对不对？"

另一人拍拍毛志杰的背："亏得你不认她，不然也被克死。"

混混嘴巴没遮拦，讲得起劲，最后一人说："可怜你那个姐夫，唉，他不晓得毛婷婷在本地的名气，要是他知道，还敢娶她吗？"

血涌上脑门，刘十三喊："闭嘴！"

毛志杰一脚踹中他肚子，踹得他连退几步，一屁股坐倒。毛志杰蹲下，揪住他头发："干什么，你跟她有一腿？"

刘十三抓着他的手腕，愤怒地喊："松开，老子不卖了，老子去退给婷婷姐！"

毛志杰随手捡起一块板砖，拍拍他的脸："她花了多少钱？"

刘十三说："四份。八万。"

毛志杰龇牙笑："退了，退给我啊。"

刘十三几乎不敢相信自己的耳朵："你他妈还是人吗？"

毛志杰说："退不退？"

小镇的夏日，全镇懒洋洋，只有知了不知疲惫地鸣叫。汗水挂在眼角，刘十三觉得胸闷，闷到要爆炸，他也捡起一块板砖，指着毛志杰说："松手。"

毛志杰阴冷地盯着他，揪头发的手更加用劲："我说，保险我不要，八万，退给我。"

刘十三似乎感觉不到疼痛，说："不可能，那是婷婷姐的钱。"

毛志杰扬起板砖："退不退？"

刘十三也扬起板砖："你砸我，来，你砸我也砸！"

"去你妈的！"毛志杰一板砖下去，砰的一声，刘十三天旋地转，记着也要砸过去，手根本不听使唤，整个人倒了。

他蒙了，眼前有红色的液体，自己都能感觉到眉毛边湿漉漉的。

牌友们一看真的打伤人，一哄而散。毛志杰退了几步，慌慌张张，推起板车，从刘十三迷糊的视线里消失。

7

小镇医院，刘十三缝了几针，医生说不严重。刘十三头裹纱布，哭丧着脸，不知道回家怎么交代。门口一阵脚步声，毛婷婷匆匆忙忙进来。

她双手不安地绞着，说："十三，他打你了？要不要紧？"

刘十三捂住脸，悲愤地说："缝了几针，能有多大事。都传到你那儿了，看来外婆肯定也知道了。"

毛婷婷慌乱地晃手："不是不是，有人看到跟我报信的。"

刘十三叹口气，说："婷婷姐，你那保险我做不了，回头退给你。"

毛婷婷说："连累你了，对不起。"

刘十三说："婷婷姐，你要结婚了？"

毛婷婷脸腾地红了，年近四十的女子，原本鬓角有星星点点的白，这会儿不见了，估计染回下黑色。她不安地说："对，国庆办喜酒，你和阿婆、程老师都来。"

刘十三说："姐夫什么样儿的？"

毛婷婷小声说："姓陈，广州人，到开发区建楼盘，跑山里吃饭，认识了。老陈比我大八岁，二婚，工地上的，晒得显老，但懂照顾人。"

刘十三笑了，兴致勃勃地说："那我们到时候去闹洞房。"

毛婷婷说："十三，保险不用退，换个受益人，填老陈的儿子，你看好不好？"

这是对毛志杰死心了，刘十三有些替她高兴，说："好啊，按你说的办。我没事，只要你想通，外孙被打，王莺莺也不会怪你的。"

刘十三认真地望着她，说："婷婷姐，你要幸幸福福的啊。"

毛婷婷走的时候，刘十三发现她哭了。因为她用双手握了握他的手，表示歉意，刘十三看到，有一滴水落在她胳膊上。

8 /

九月也过得很快。学期伊始，同球球好说歹说，小家伙终于答应上学，隆重打了张欠条。程霜抽空去看，球球乖乖背着手端坐，聚精会神地学习。

中秋放假三天，院子热闹起来，王莺莺自己烘的月饼，一百个卖得飞快。

淡淡的圆月刚挂上天边，云彩绚烂，程霜溜进院子，大喊："外婆，今晚吃什么？"

姜片和蒜瓣在油锅蹦跶，王莺莺把砧板上的鲫鱼一条条放下去。鱼肚皮鼓鼓的，切口处黄澄澄的鱼子满到溢出。

她忙着浇滚油，笑着回："自己看。"

程霜环顾厨房，瓷砖台上依次放着发好的猪皮、木耳、干贝和海蜇头，桌上垒着水灵灵的黄花菜、莴笋、苋菜，中间一碗青嫩的毛豆米。旁边塑料袋打开，蛏子、羊肉、虾、蹄髈。屋檐挂着的腊肠、腌火腿也摘下来了，程霜吞吞口水："外婆，太丰盛了，刘十三要结婚？"

王莺莺看鲫鱼两面的皮金黄微皱，放入纱布大料包，加水跟生抽，合上盖子任锅中咕嘟："你都没点头，他结个屁。"

程霜拍拍手："我点头了，有个女同事还行，明儿喊她来。"

王莺莺斜眼看她："干吗今天不喊？"

程霜搂着她胳膊，说："今天吃的不想分给她。"

小葱打结，在猪油里熬，熬出最香的葱油。蒜泥炒熟，和葱油一起爆，撒点辣椒丝，加一碗高汤煮沸。蛏子用料酒和酱油腌一会儿，搭着姜块蒸熟，把刚沸腾的葱油蒜泥高汤浇上去，滋啦一声，人间最强美味。

葱油和蒜泥的香是不由分说的。谁说自己能抵抗这时蛏子的鲜美，刘十三不会相信。想到今晚的这道菜，刘十三美滋滋。

三十份保单办完，公司哪怕再苛刻，提成得下发，足足两万出头。

他买了镇上最贵的书包，两百。打算去化妆品专卖店买盒最贵的面膜，看了一圈，心中大喊一声无量寿佛！最贵的太贵，咬咬牙买了，用掉一千二。给王莺莺配副老花镜，四百多。想起外婆得湿疹，问了药房，买了最贵的药霜，两百多。钱包瘪了，拎着塑料袋回家，刘十三脚步轻快，感觉自己就是外出奔波、奋发捉虫的麻雀，现在要回去喂嗷嗷待哺的一家老小。

小卖部厨房里，炒锅在炖红烧鲫鱼，王莺莺又起一锅，从瓷罐中挖两勺猪油沿锅壁化开，她瞅瞅专心剥蒜的球球："小丫头，这几天跑哪儿去了？都不来看看太婆。"

球球噘嘴："我家里有事嘛，球球要照顾爸爸的。"

王莺莺"哦"了声，把空心菜沥干水，手折一折扔进锅里，等待的几分钟，她点根烟，又问："今天你爸不在家？"

她问的是球球亲爸，球球摇摇头："他吃过午饭出去玩，估计不回来。"

王莺莺点点头，叼着烟到大堂橱柜拿了罐药酒递给球球："看着点，他出门，容易被别人打，回去给他擦擦，好得快。"

球球接过，乖巧地说："谢谢太婆。"

"球球今天有什么想吃的？"

"想吃甜的！"

"那我们做个宫保虾球好不好？"

"好！"

灯火通明，欢声笑语，这是刘十三回到家脑中浮现的第一句话，特别俗套，特别贴切。

程霜正在大堂门口打电话："你们也吃月饼啊，没有月饼？吃比萨啊。"

看到刘十三回来，程霜摆摆手示意，继续跟电话说："我吃得可好呢，一会儿发视频给你们看。就这样，我帮忙去啦。"

电话一挂，程霜就对刘十三露出大大的笑脸："你回来啦！工作辛苦了！"

刘十三受宠若惊："你搞什么，这么温柔，有什么阴谋？"

程霜翻个白眼："我是看在外婆的分儿上，今天中秋节，要和和美美。"

王莺莺擦着手，头也不回："你随便骂，不开心就打，打完看会儿电视，菜马上就好。"

刘十三举起袋子，大声宣布："我发到工资啦，每个人都有礼物！"

三人惊喜地接过袋子，球球看到那个粉红色书包的时候，控制不住小嗓门尖叫一声，抱着书包又蹦又跳。

"谢谢爸爸，爸爸真好！我爱爸爸！"

程霜收起面膜，喜笑颜开，那边王莺莺又心疼又高兴："买这么贵的东西干什么，我用点青草膏就好了。"

她打开药霜盖子一闻，又递给程霜："你闻闻，香不香？"

程霜使劲点头："香！"

刘十三得意洋洋："王莺莺，别说我舍不得给你花钱啊。"

　　王莺莺面容一变："锅里还炖着鱼呢，捣什么乱，鱼焦了我把你炖了。"

　　王莺莺急匆匆回厨房，刘十三莫名其妙，老太太拿了他的东西，也不见服软。

　　程霜轻声说："她其实高兴极了，不好意思夸你。"

　　刘十三也小声说："我知道。"

　　程霜一晃面膜："谢谢啦。"

　　刘十三有点不好意思："镇上牌子少，也不知道新加坡人能不能用。"

　　程霜作势抽他，王莺莺在厨房发出指令："院子里吃饭，菜多，刘十三，抬圆桌！"

　　程霜帮着刘十三，将圆桌台面抬到小方桌上。

　　中秋的月亮圆得滴水不漏，完美得跟画在天空上一样。桃树似乎也欢喜，叶子泛起光亮，院子浮动秋日山间特有的香气。

　　摆好桌面，程霜说："我用不惯。"

　　刘十三愣住："啊？"

　　程霜罕见地低头："你送的，不舍得用。"

　　刘十三说："垃圾，用完再买。"

　　程霜飞起一脚，没踢中，冷笑着说："你敢躲？"

　　刘十三说："我没躲，我去厨房帮忙。"

9

桌边四张条凳，隔壁桂花开了，从墙头探出好几枝。桌下点盘蚊香，三人正襟危坐，王莺莺手脚飞快，片刻间摆完盘子碟子。最后一锅汤上桌，王莺莺才脱下围裙，擎了坛酒落座。

王莺莺夹一大块鱼子放到球球碗里："小孩子多吃这个，补脑。"

球球欢呼一声，大家正式动筷。

蹄髈烧面筋，汁水四溢，绵软有嚼劲。上汤苋菜，红汤夹着炖去碱味的皮蛋粒，像一碗宝藏。大虾球一团团裹上茄汁，咬开就弹到牙齿。油渣炸到酥脆，撒一抹辣椒粉，可以留着慢慢下酒。刘十三闷声不吭，端起葱油蛏子放在面前，在王莺莺锐利的目光中，犹豫了下，夹给程霜一个，球球一个。

三双筷子上下飞舞，吃得头也不抬。

王莺莺乐呵呵地看着小辈们的吃相，拍开酒坛，倒下半碗黄酒，点根烟，慢悠悠看着月光："桂花落得有点急啊，本来想跟隔壁打个招呼，采了做桂花蜜的，做好明年就有的吃。"

刘十三喊："外婆，别看花，吃饭啊。"

王莺莺夹一筷炒空心菜："不急，一会儿还要吃月饼，留点肚子。"

程霜鼓着腮帮子，努力嚼蹄髈，站起来舀冬瓜排骨汤，还不忘艰难地拍马屁："外婆，你这个手艺应该开饭店，好久没吃这么香了。"

王莺莺超出常理地温和，白发扎了个髻，一丝不苟，连皱纹都露着笑意。老太太倒了三碗酒："外孙，小霜，我们碰一个？"

"好。"刘十三擦擦嘴，和程霜一块儿举起碗，三碗相碰，月光下发出清脆的一响。

"球球也要！"球球举起舔干净的空碗。

王莺莺笑了，给球球倒上一点："今天中秋，一家团圆，小孩子喝点酒没关系。"

球球一口喝完，圆鼓鼓的小脸顿时通红，憋了半天，吐出一句："好酒！"然后原形毕露，猛灌白开水。

刘十三不记得自己最后喝了多少碗，空酒坛子仿佛不小心跌下桌碎了。王莺莺一直在说真好，说今天真好，说看到他们心里高兴。

他似乎听到哽咽的声音，听不清楚是谁的。

不应该，可能高兴坏了吧。

王莺莺醉了，他想。

好多年了，高考后，第一次在老家过中秋，也是他第一次和这么多人一起过中秋。如果这样能让王莺莺开心的话，以后每年中秋，他还是回来好了。

暗蓝天空挂着的月亮，今夜如钩，

他想起毛婷婷在婚礼上安安静静，笑得大方，

但眼睛里没有喜悦，只有离别。

这一年云边镇的秋天，结束了。

Chapter

13

婚礼

1 ⁄

　　毛婷婷的婚礼定在十一，国庆假期，比较仓促。刘十三和程霜去帮忙，见到老陈，如毛婷婷所说，看着显老，但人实诚，憨笑递烟，话也不会说。

　　刘十三蹲在地上，跟老陈打气球，随便聊天："婚礼后你们就走？"

　　"回广州。"老陈言简意赅，附带招牌憨笑。

　　"听说你有小孩？"

　　"嗯，俩。"说到孩子，老陈一笑，鱼尾纹丛生，竖起两根粗壮的手指头，"男孩八岁，女孩十岁。"大概看出刘十三对他不放心，老陈难得多说几句："我跟她在葬礼上认识的。"

　　"啊？"

　　老陈丝毫不嫌晦气似的："在开发区做楼盘，同事的父亲过世，我跑来参加追悼会，看到她了。当时我想，哪个亲戚，哭得真伤心。看她大半天也不吃饭，就喝了口水，拿个馒头去招呼一声。然后知道她不是亲戚，是工作来了。"

　　刘十三想问，你不介意她的工作？看老陈捡到宝的表情，立刻明白，他肯定不介意。

　　"本来准备第二天回去，晚上翻来覆去睡不着，早上到了客运站，心想不成，掉头又回来，在宾馆住着，不好意思找她，总算等到她去面馆吃饭，终于说上话。"

说到这里，老陈停了，他感觉交代完毕，继续打气球。

他的讲述近乎平淡，刘十三莫名觉得还挺可靠。

他不嫌弃她身世孤寒，工作古怪，她也不嫌弃他离异，有俩孩子，谁能想到呢？天南海北互不相干的人，人生路走了这么长，眼看放弃希望的时候，他看见她的泪水。

可能这就是缘分吧，刘十三想想，有点羡慕。

2 /

十月一日，水晶酒店，紫白粉间隔的气球拱起一道门，迎宾桌上摆满玫瑰和千纸鹤。毛婷婷喜帖送得多，镇上人家纷纷来了。刘十三犯着嘀咕，王莺莺这会儿还没到，不像她的为人，宾客入席了，没瞧见她身影。

刘十三晃悠一圈，发现自助区有个眼熟的书包在晃动，球球蹑手蹑脚，鬼鬼祟祟地伸手，不停把糕点往书包里塞。

刘十三蹲她旁边。"你吃得完吗？"

球球吓了一跳，张开口的书包哗啦啦往外掉东西，瓜子酥、鸡蛋糕、巧克力，更过分的是她用塑料袋装了一整只烧鸡。

球球没好气地白了他一眼，手脚麻利地塞回去。"因为吃不完，才要带走啊。"

说得有道理，刘十三继续问："不带点值钱的，拿这么多鸡蛋糕干吗？"

　　球球嘿嘿乐："我爸最喜欢吃这个，带回去他能开心得蹦起来。"

　　刘十三沉默一下，说："我带你打掩护，别人看到了，就说是我不要脸让你拿的。"

　　球球瞪大眼睛："难道你以为我白拿？一会儿靠我递烟送酒，大家都知道，没人会管我。"

　　刘十三惊奇："感觉你混得比我好。"

　　球球冷笑："说得好像有人比你差似的。"

　　牛大田东张西望，远远地喊："十三，你在这儿啊。"

　　刘十三循声望去，大吃一惊，几天没见，牛大田刻苦读书，居然读出了近视眼。他推推鼻梁上的眼镜："别看了，平光的，装装样子。"

　　刘十三问："秦小贞呢？"

　　"调休，中午得去换班。"牛大田有点失落，"以为今天能跟她坐一块儿，英语听力都不做就赶来了，没想到银行这么跟我过不去。换了以前，我就去银行泼油漆。对了，我问你，当年高考的参考书在不在？你回家找找，送我吧，现在教材太贵，能省一点是一点。"

　　"你真打算高考？"

　　"为了小贞，别说高考，让我读研考博又怎样？"

　　刘十三拍拍他的肩膀："王莺莺早当废纸卖掉了，你要不服气，找她报复。"

　　牛大田啧了声，问："阿婆人呢？"

刘十三耸耸肩："不知道，一大早出门，现在没见着，这种外婆送给你好了。"

牛大田连忙摇头，离开宴有段时间，刘十三闲着没事，索性考查下牛大田的学习进度。迎宾桌上随手拿了纸笔，列出二元一次方程，问："你会解吗？"

牛大田沉思半晌："这是什么？"

刘十三沉思半晌："这是初中题目。"

牛大田如同萤火之光撞上皓月当空，不敢置信地愣在当场。

刘十三得出结论："如此看来，你暂时只有小学水平。加油。"

3 /

王莺莺起了大早，盘算一天日程，街道办让去银行开资产证明存档，不能拖。镇上组织老人体检，这个不管。毛婷婷婚礼，得随份子。盘算完，决定先去银行，办好证明，取个份子钱，来得及吃喜酒。

结果没料到银行人头攒动，大概节假日的缘故。

大堂经理关切走来："老太太，您办什么业务？简单的话我跟前面的人商量，让您先办。"

王莺莺看这人颇有几分善良，也很想利用他，奈何自己不光取钱，还要办见鬼的证明，估计没法插队了。

大堂经理替她找了座，倒了杯水："老太太，您脸色有点差，怎么不让儿女来？"

"少管闲事。"王莺莺板着脸，"儿女脸色更差，我自己跑一趟锻炼身体。"

经理笑了，客套几句，转去服务一位孕妇。

王莺莺苦等，临近中午，离她还差十几号。她挪挪坐疼的屁股，站起来踱步，银行的玻璃大门外起了骚动，声浪越来越高，夹杂尖叫声。

王莺莺往门口走，见到四散奔逃的人群，接着一声惨叫，随后骚动忽然一顿，场面安静数秒，直接炸开，有人往银行里躲，有人往外头冲，兵荒马乱。

躲进来的人脸色煞白，惊魂未定，在那儿传递消息。

"王勇王勇，是那个疯子王勇！"

"他不是精神病吗，早说过赶紧关起来，迟早出事。"

"出大事了，他拎把斧头，刚刚乱挥，有个小姑娘遭殃了，砍在脸上，我的妈，全是血！不死半条命也没了！"

"什么小姑娘？谁啊？"

"我认识我认识，银行里头的，秦家的，叫秦小贞！"

4

水晶酒店宴会厅，司仪结束发言，老陈总算牵到毛婷婷的手，笑容满面地站在舞台中央。

牛大田被刘十三打击，一蹶不振地吃饭。刘十三安慰他半天，说："就算你是白痴，秦小贞也会等你。"听到这种没天良的话，牛大田收起阴沉的胖脸，奋战白斩鸡。

球球穿梭全厅，中华芙蓉王每桌四盒。她偷偷跟刘十三说，给王莺莺留一条中华。

突然牛大田放下筷子，说："我的心怎么跳那么快？"

被他一说，王莺莺还不来，刘十三有点慌，打个电话，没人接。他在伴娘群中找到程霜。"看到王莺莺没？给她打电话，不接。"

程霜摇摇头，下巴一点舞台："一会儿跟你找，我感觉毛婷婷也不对劲，从早上化妆开始，坐立不安的。"

刘十三看毛婷婷，化完妆真的美，穿着白婚纱，脸上却笑得勉强，说："等人吧，可她明明知道不会来的。"

程霜撇嘴："摊上毛志杰这样的弟弟，烦。"

音乐变得欢乐高亢，司仪宣布："请新郎说出誓言，为新娘戴上婚戒！"

保管婚戒的花童是老陈的儿子女儿，特地从广州接来参加婚礼。男孩打开盒子，女孩递给老陈，老陈单膝跪地，递上戒指，颤抖着嘴唇，半天开口，一张嘴，把麦炸了。

"老婆！"

麦克风鸣音不止，宾客大笑，婚庆团队忙上场调设备。

"老婆，认识你的时候，你在哭。我发誓，以后不会让你再流一滴眼泪。"自觉话说得有点人，他补充一句，"开心的眼泪不算。"

来宾乐不可支，毛婷婷冲老陈笑笑，目光回到宾客中游移，又转向门口。

门口空荡荡。

她垂下眼睛，仿佛决定了什么，再抬眼，笑容满面。她擦去老陈满脑门的汗，鼓励他慢慢说。老陈深呼吸，握住毛婷婷的手："我永远不会伤害你，永远爱你，永远是你的小煤球。"

没想到五大三粗的老陈还有昵称，宾客们笑得更厉害，但台上两个人却哭得稀里哗啦。刘十三大力鼓掌，别人的眼光重要吗？他们两个人很认真，认真地幸福着，这才重要。

鼓掌声渐起，工作人员不失时机地放起《今天你要嫁给我》，大家应声鼓掌，音浪席卷整个大厅，所有人包裹其中。

5

身前的人群轰然骚动，尖叫连连，王莺莺被推了一把，差点摔倒。

"他走过来了！到银行来了！"

"疯子过来了！"

"快关门啊，保安呢？！"

满身脏污的王勇提着斧子，人潮像被劈开，他走进银行，那把斧子沾着血。人们后退，再后退，最内层的人脊背贴到大厅四壁，被挤得大喊大叫。

王勇走到柜台："我取钱。"

他脸上看不出狂暴的痕迹，带着腼腆的微笑，似乎在说，不好意思麻烦你了。

柜员退得很远，瑟瑟发抖，看着王勇掏出一把字条。银行的人见过，王勇拿着这些欠条取钱，不是一次两次。

经理冲柜员焦急地打手势，柜员颤抖着取出一沓钞票，丢在柜台上。

王勇高兴得涨红了脸："要有中国人民银行字样的，要一张一张的。"

柜员丢完钱，退回去，连连指着钱，话也不敢说。王勇跟她唠家常："女儿开学啦，买课本，买球鞋，买吃的，谢谢你，谢谢你啊。"

闫小文带着几个年轻民警，这时候刚刚冲进银行。

6

听我说

手牵手

跟我一起走

创造幸福的生活

昨天已来不及

明天就会可惜

今天嫁给我好吗

音乐声中，毛婷婷和老陈接吻，孩子撒着花瓣。刘十三裤兜里手机嗡嗡振动。王莺莺总算回电话了，他松口气，接通电话。

听筒里有奇怪的喧嚣，王莺莺的声音紧张到尖锐："球球在哪里？"

刘十三莫名其妙，抬眼看看场内，球球分完烟，小书包鼓鼓囊囊的，贼眉鼠眼又喜不自胜地朝他跑来，手中扬着一条留给王莺莺的中华烟。

"在我这儿，怎么了？"

"你一定要把她看紧了，哪儿也不许她去，听到没有？一定要看紧她！"

婚礼现场音响声大，电话那头闹哄哄的，讲话听不清楚，刘十三问："你在哪儿，出什么事了？"

王莺莺的声音时断时续："作孽……不能……不能开……"

球球邀功地递上香烟，刘十三笑着冲手机喊："听不清，你快来，球球给你留了好东西！"

7 /

闫警官冲进门，紧张地持着枪，喊："放下斧头！"

王勇缩了下脖子，乖乖地看警察围上来，没做反抗，小声说："警察同志，我不要利息，你让他们把本金还给我，我想给女儿买东西。"

闫警官盯着他拎斧头的手，说："什么本金，你有什么要求，我们商量。"

"商量吗？"王勇好像渐渐想起来什么，脸上浮起古怪的笑容，"警察同志，我犯罪了吗，是不是要枪毙我？"

闫警官眼神示意，让同事准备，自己稳定王勇的情绪："犯不犯罪，要法庭判，你先放下斧头，放下来，就不会犯罪了……"

王勇连连摇头："我要死的，我死了，球球才能过得好。他们说的，我死了，过得好。你帮帮我，判我死刑……"

闫警官说："我帮你，你要相信我……"他下巴轻轻一动，同事要扑倒王勇的瞬间，王勇猛地挥舞斧头，大喊："你们从来不帮忙的！"

民警猝不及防，下意识一猫腰，没被劈到，而王勇彻底疯了，喊："你们从不帮忙的！从不！"

闫警官喊："放下！放下斧头！"

王勇再次举起斧头，眼睛血红："我死了，球球才会好。"

8

台上毛婷婷夫妻鞠躬致谢，音乐声震耳欲聋：

> 听我说
> 手牵手
> 我们一起走
> 把你一生交给我
> 昨天不要回头
> 明天要到白首
> 今天你要嫁给我

球球拽着刘十三的胳膊摇晃，刘十三对着电话笑："球球要跟你说话……"

电话那头砰的一声巨响，直冲耳膜，把他牢牢钉在原地。听筒内无数的尖叫声，刘十三茫然，随之王莺莺嘶哑地大喊："看住球球，看好她，听到没有！"

宾客席有人握着手机，站起来惊恐地喊："出事了！王勇精神病发作，被警察打死了！"

刘十三心跳得怦怦响，发觉球球的小手僵住了。电话那头，王莺莺喊声没停："看住球球！她爸爸没了！她爸爸没了！"

他张着嘴，慢慢低头，球球仰着脸，瞳孔失去焦点，微微地挣扎。

刘十三终于反应过来，王莺莺说的话什么意思。他猛地抓紧球球，不顾她的反抗、疑问、拳打脚踢，猛地捞起她，头也不回地往家走去。

"你放开我！我爸爸出什么事了！你放开我，你不是我爸爸！我要去找我爸爸！"

球球的书包被挤开，鸡蛋糕掉了一地，她喊得声嘶力竭："你不是我爸爸，我要去找爸爸！"

她小小的身子不知道哪儿来的力量，拱出刘十三的臂膀，摔落在地，爬起来就跑。

刘十三大吼："球球！"

球球头也不回。

刘十三和程霜追到派出所，据说小姑娘又哭又叫，把一个民警咬得伤痕累累。人们议论，说闫警官开完枪蒙了，失了魂一样任由同事夺枪，把他扣住。

民警要求无关人等立刻离开，两人默默无语走回，路过水晶酒店，球球的书包掉在路旁，沾满灰，鸡蛋糕都掉了出来。

程霜眼中噙着泪，捡起书包，拍去灰尘，紧紧抱住。

9 /

整个十月，刘十三像被生活推着走。程霜打听完球球的消息，面色憔悴，肿肿的黑眼圈，她告诉刘十三，球球会被送进福利院，而他们没有领养的资格。

"有办法领出来吗？"刘十三问。

程霜摇头："等有资格的人收养，或者到十八岁自行发展。"

大概因为没照顾好球球，王莺莺似乎生起闷气，精神恹恹的，大白天躺在床上，不知道想些什么。刘十三一边研究领养条件，一边推销保险。银行出了事，镇上居民的危机意识强烈许多，保险居然卖得很快。

刘十三拿着业绩单子，坐在桃树下苦笑。

程霜开导他："业绩进步该高兴，球球没了爸爸该难过。谁说高兴和难过会互相抵消呢，人为什么不能同时保留希望与悲伤？"

她望着秋天凋零的桃树，说："希望和悲伤，都是一缕光。"

十月某天刘十三经过婷婷美发店，入夜时分，店内意外地灯火通明。门开着，刘十三纳闷地走进去，四面新刷了白漆，空空荡荡，毛志杰端坐中间，脚下堆着锅碗瓢盆，两眼失神，盯着天花板。

刘十三不明所以，看到他就想往外走。

毛志杰主动搭话："十三，你去喝我姐的喜酒没？"姐这个字从他口中说出来，非常陌生。

刘十三"嗯"了声，毛志杰又问："我那姐夫人怎么样？"

刘十三说："老实人，对你姐不错。"

毛志杰点头，喃喃说："那就好。"

刘十三沉默一会儿，说："你姐那天一直在等你，如果你想要那份理财收益，随时到我家签字。"

毛志杰笑笑："姐把店面过户给我了。"

刘十三想骂脏话，毛婷婷的愚蠢超出他的想象。说房子给了毛志杰，怕他赌输掉，争了好几年，打了好几年，结果放弃了。刘十三一阵焦躁，毛志杰说："她这样不对。"

刘十三怒气上来，突然听到毛志杰一个大老爷们抽抽搭搭的。

他说："这样不对，什么都不带，我没有给她准备嫁妆，她这样到了夫家，会被公婆看不起的。"

他双手捂着脸，滑下板凳，蹲着，哭声越来越大。

他说："我才知道，她早就过户给我了，上面写七年前她就过户给我了，就差我签名。"他的手背被眼泪打湿，"我都没有给她准备嫁妆……她出嫁的时候一个娘家人都没有……"

在男人的哭声中，刘十三慢慢退出去。

云边镇的夜路，他熟悉无比。暗蓝天空挂着的月亮，今夜如钩，他想起毛婷婷在婚礼上安安静静，笑得大方，但眼睛里没有喜悦，只有离别。

刘十三也拎着果篮，去医院探望过秦小贞。具体当时疯子怎么弄伤她的，群众不太清楚。秦小贞说急着换班，推开人群往银行走，之后的记忆，只剩一片血色。

医生说，她运气好，没伤到动脉要害，也没割破眼球，刀子从脖颈处划过，直切额头，把脸分成两半。

秦小贞醒来后，执拗地要照镜子。脸部缝合二十六针，黑色针脚形成短小横线，一格格爬上她的容颜。

她半天没说话，她特别爱美，下班必定要换下制服，发梢都保养得没有分叉。秦家老两口劝到嘴干不管用，只好把等在病房外的牛大田放进来。

牛大田一进门，秦小贞就把自己蒙在被子里，死活不愿露面。

牛大田眼圈红红，问她："如果我考不上大学，你会不会嫌弃我？"

被面轻微动动，秦小贞在摇头。

牛大田又问："如果我一事无成，赚不到钱，除了对你好别的都不行，你会不会讨厌我？"

秦小贞用力摇头。

牛大田大声说："那你就算脸全烂掉，胖成肥婆，十年不洗头，我也不会嫌弃你。"

被面抖动起来，是秦小贞忍不住笑，笑到气闷，掀开被子责怪："不要乱说话，谁是肥婆？我伤口会裂开的！"

牛大田嘿嘿看着脸上长疤的秦小贞，由衷赞美："你这样子，真酷。"

刘十三到病房的时候，秦小贞、牛大田打着游戏。他眼睛一瞥，床头柜上摆着秦小贞常拎的方便袋。

秦小贞放下手机，眨眨眼："帮我拿一下。"

刘十三把袋子拎过去，秦小贞推给牛大田："以前你天天跟着我上班，我就带着了。喊你看越剧那天，本来想给你，结果你跑得太快。厨师等级考试的资料，没事就看看。"

牛大田举手发誓："我天天做模拟试卷，没空看这些闲书。"

秦小贞扑哧笑出来："拉倒吧，什么年纪了，还真的高考，你是那块料吗？考个厨师，不光赚钱，还能给我做好吃的。"

牛大田两眼放光："我可以不学几何物理了？"

秦小贞摇头："不学！"

牛大田再问："那你爸妈呢？他们能同意？"

秦小贞看病房门口，门框边缘露出秦爸鞋尖，她笑了笑，小声跟牛大田说："同意。"

牛大田当场欢呼出声，抱着书激动得不知所措，转几圈想亲秦小贞，没好意思，就狠狠在刘十三脸颊上吧唧了一口。

刘十三擦擦脸，嘴边也泛起笑容，心中有所宽慰，阴霾这么多天，终于在十月的尾声迎来一件好事。

院子门口青砖小道第一次结霜，就快立冬，王莺莺病倒了。她扶着门框，身后灶台咕嘟嘟炖着羊肉，热气蒸腾，锅铲从手里哐当掉了，老太太也缓缓滑下。

这一年云边镇的秋天，结束了。

"外婆，你会不会永远陪着我？"

"外婆在的，一直在。"

Chapter

14

外婆的拖拉机

1 /

半年前，五月份，云边镇花开得最灿烂，王莺莺去了趟县城，是镇上护士让她去的，反正不远，十几公里，搭个公交车就到。

第一人民医院门口，主任一直把老太太送出来。王莺莺手中拿着 CT 袋子和病历本，听他压低着声音说："放化疗的意义不大，你回去跟家属商量下，如果需要，我给你安排。我的意见是……"主任叹口气，继续叮嘱，"你可以考虑中医疗法，不能完全放弃。"

王莺莺回过神，对医生笑笑："哎，好的，谢谢主任。"

后来他说什么，王莺莺有些听不清，脚步好像踩在棉花上，虚虚的不受力。

"早点跟家属商量。"

王莺莺点点头。

"肿瘤边缘不清，切片验出来情况不好，恶性，这个你能不能理解？"

"肝癌晚期了，你指标太低，这个一项项说明给你听。"

"不好手术，转移太快。那不是湿疹，是癌细胞。"

"家属来吗？"

脑海里回放医生说的内容，每个字都清晰，意思却搞不明白，其中夹杂自己的一句询问："医生，我还有多久？"

她记得主任沉默一下，说："半年总有的。"

坐公交车回镇上，王莺莺望着车窗外，油菜花和麦田波浪起伏。她心想，小卖部的存货，拿出来擦擦灰摆上。以前干脆面总留一箱给外孙，他饭不好好吃，啃起干脆面跟大田鼠一样，上完高中，他渐渐就不爱吃了。现在促销全送掉，回来看他气不气。

想到这里，老太太笑了笑，眼睛有点涩。

她决定谁都不通知，如果刘十三知道她生病，恐怕要哭昏过去，他这个哭包，做起事绵绵软软，让他做决定，还不如自己来。

之前额头痒，以为虫子咬的，涂药膏不管用。镇上的护士见到，跟她说："阿婆，你这边溃烂了呀，赶紧去大医院看看，不要搞成皮肤病哦。"

她半夜痒醒，一挠，手指沾了小片碎皮。想想不对，起早去医院。皮肤科的医生居然让她拍个片子，王莺莺以为医院坑钱，老大不乐意。

片子拍出来，医生说："你重新挂个号，去肿瘤科。"

当时莫名其妙，接着医生们轮流问诊，主任都来了，问她，有没有浑身乏力？有没有低烧？抽个血验一下吧。

折腾两天，给了最坏的结果。

2 /

大清早，老李头敲敲小卖部的窗户："嫂子？"

她忙回："要什么？"

老李头说："老规矩，一包烟。"

她自己叼着一根，教训起别人："少抽点，年纪这么大，不晓得照顾身体？"

老李头抬抬眼镜："买了这么多年，你不也抽？"

王莺莺把烟摔出去："二十。"

她一个人发了会儿呆，动不动就想到刘十三。平日也是时时刻刻想的，今天不一样，可能来不及了。

王莺莺洒水，把地面扫干净，小卖部的窗玻璃擦得嘎吱响，走出院子，绕过院墙，后头空地停着拖拉机。

柴油够的，去外孙那儿，来回两百公里，带几桶备用。

王莺莺吃力地爬到驾驶座，喘口气，心想，这铁疙瘩质量真不错，跟了她这么多年，配件换了几套，踩下去力道十足，哐哐作响。

平时最远开到县里进货，城里还没去过，她望望脚下的水壶、一袋馒头，稳稳心神，对拖拉机说："走，接外孙去。"

踩下踏板，突突声中，王莺莺向省道驶去。

3 /

中间休息了四五次，开到黄昏，拖拉机大灯照在路上，黄亮亮两道子。

进城干道限行，拖拉机不给进，要绕小路。拦住王莺莺的交警挺客气："婆婆，这么晚不安全，您先找地方休息，明天打车进城，一样的。"

王莺莺更客气，从车斗拎出一捆火腿肠："小伙子值夜班饿吧？吃两根垫垫肚子。对，我就是在贿赂你。"

交警苦笑："你就算贿赂我，我也不能放啊。"

王莺莺遗憾地想，火腿肠规格不够，早知道带熏腊肠，不过没关系，大路走不了，可以走小路。

她王莺莺运货多年，看着星星从不迷失方向。拐错路，掉头，绕圈圈。一会儿跟在渣土车后面，一会儿蹿进小道，丢香烟给人问路。七十整的王莺莺，驾驶拖拉机，入夜后兜兜转转，找到外孙说过的地址。

敲门都不用，门没关，王莺莺嘀咕，坏人偷偷摸摸进来怎么办。开了灯，老太太看见自己的外孙，男孩脚边一堆横七竖八的啤酒罐。

男孩泪眼模糊地看着她，咧着嘴说："王莺莺，你怎么才来？"

王莺莺眼泪唰地掉下来，止都止不住，跌跌撞撞跑过去，抱着外孙，不停搂他脑袋，像他小时候一样哄，"不哭不哭，外婆来了。"

"外婆，你怎么才来啊，你到哪里去了？你怎么才来？"

喝醉的刘十三只会说这两句话，意识不清，仿佛六七岁的小孩，满肚子的委屈，自己那么难过，外婆一直不来。

王莺莺抱着他，掉眼泪，翻来覆去说："我的外孙哦，我的宝贝哦。"

她不明白，自己那么要强的外孙，怎么蓬头垢面一塌糊涂的样子。

刘十三紧紧抓着王莺莺的手，说："外婆，我难受。"

"外婆给你煮汤喝。"

刘十三喃喃地说："外婆，我是不是很糟糕？为什么喜欢的人都要离开我？妈妈走了，牡丹也走了……"

祖孙两人坐在地板上，靠着墙，刘十三嘴里含混不清，王莺莺沉默好一会儿，说："十三，你是不是很想妈妈？"

刘十三点头："做梦都想的，外婆，小时候喜欢躺在长凳上看云，我以为，天上的云会变成你想念的人的样子，好几次，我好像真看到了。长大一点点，学习要紧嘛，不专心去想她了，闲下来才想，可是没有断过，一天都没有断过。"

老太太的眼泪一串串掉。

"是我不好吗？是不是我很小的时候特别讨人厌？不然妈妈怎么不要我？"

王莺莺说："她有她的难处。"

刘十三认真赞同："我也这么想，只不过想不通。智哥说，想不通，不想，喝酒。"

他打开一罐啤酒，递给王莺莺，豪爽地说："酒逢知己，就是兄弟！你是外婆，也是我兄弟！干杯！"

王莺莺跟他干杯，咕嘟嘟喝啤酒，第一次讲了个遥远的故事。

4 /

你妈出生在一个岛，海边的，那里有棋盘脚花，到了晚上才开。当时你外公在，开心得不得了。后来你外公没了，家里人只要你妈，赶我走，我就偷偷带着她，回了云边镇。

她十几岁天天跟我吵，高中没毕业离家出走，回来带了个男的，就是你爸爸，说打工认识的。他们结婚，你妈肚子大了，还没把你生下来，那个男的拿了家里所有钱，跑了。

你妈上吊，没死成，整天不说话。你两岁的时候，她又要走。我说，你再走，就别回来了。她说，不能赖着我，死在外面也好。

她写过两封信，说结婚了，过得很好，就是很远很远，回不来。

我托人回信，说，你回来，我出钱。

她呀，再也没有消息。我一直想，是不是过得不好，没脸回来呢？

　　王莺莺絮絮叨叨，刘十三头晕眼花，叨咕一句："外婆，我活得很没意义，想要的都得不到，算了，什么都不要，死了算了。"

　　王莺莺心突突直跳，擦擦眼泪，气得骂他："你怎么能乱想！四肢健全，受过教育，我们家又不是穷到吃不上饭，怎么能说死字？年轻的时候就要走得远远的，吃好多苦，你怕什么！家里有人，我老太婆在，你就有家的，闯得出去，回得了家，才是硬邦邦的活法！"

　　刘十三赶紧摸摸王莺莺的背，帮她顺气，没想到王莺莺反应这么大。

　　王莺莺说："就算我不在，你也要好好活。"

　　刘十三撑不住了，嘀咕："外婆，你会不会永远陪着我？"

　　王莺莺说："外婆在的，一直在。"

　　刘十三睡着了，梦里笑嘻嘻："外婆长命百岁。"

5 /

　　行李捆成一包一包，一次性搬不动，慢慢搬。最后王莺莺蹲下身子，把刘十三的胳膊搭在肩上。

　　刘十三醉成一摊烂泥，不停往下滑。

　　王莺莺半背着他，慢慢下楼。不像小时候的他，一只手就能抱起来。

　　楼道口，王莺莺停下来喘气，唾沫星子一股血腥味。她扭头端详外孙，把他的头发拢好。

夜未央的省道，拖拉机匀速前行，车斗颠簸，刘十三躺在里面哼哼唧唧。王莺莺把拖拉机停到路边，帮他翻身，等他吐完，拿毛巾蘸了水给他擦脸。

拖拉机开了一夜，刘十三吐了几次。有次擦脸，刘十三醒来，恍恍惚惚的，以为回到了某个深夜，他喊着："我不去，我不走，我要回家。"

王莺莺说："好好，我们不去。"

刘十三眼泪滚下来："我不去找她了，我不想见她，太伤心，我们不去找她。"

王莺莺哄他："不去找不去找，我们回家。"

刘十三满意地滚回车斗："回家好，我想我外婆，我想她做的豇豆炒肉丝，我外婆真好，我跟你说，她一点都不凶，一点都不，她会打麻将，我们找她打麻将。"

王莺莺回到驾驶座，踩下油门，七十岁开着拖拉机，近乎一日一夜，整个后背湿了。省道尘土重，夜里没灯，王莺莺努力望着前方，泪水和汗水滑过皱纹。

外婆真想好好活下去，真想永远陪着你，外婆在，你就有家。

现在怎么叫她放心，老太太心痛，痛得快碎掉。生死是早晚的，可惜太快了。

马达的突突声中，王莺莺呜咽的声音被掩盖得很好。

山顶穿破云层，

两人仿佛站在一座孤岛上，

海浪涌动，雾气弥漫。

岛上铺满白雪，

一棵树上挂着熄灭的灯笼，

云海之间孤立无援。

Chapter

15

除夕

1 /

主任说，癌症来的时候静静悄悄，不声不响，一旦长大，摧枯拉朽。

主任说，住院没有意义，她自己也想回家。老年人这种情况，都想回家。

主任迟疑一会儿，又说，运气好的话，能撑到新年。

他开出杜冷丁，告诉刘十三，按照恶化程度，前两个月她就很疼，撑到现在，已经不用管剂量大小，三小时一支，打在脊柱上。

外婆入院后，刘十三整宿整宿睡不着，一闭上眼，就想，王莺莺现在会多痛？

镇痛泵打完，她都痛到哀号。那前两个月，她做饭的时候，会有多痛？她在家等待的时候，会有多痛？

他不敢想，念头一起，难受得喘不过气。

主任最后说："一次不能开太多，用完过来取。高蛋白开两瓶，吊命用。收拾好东西，去办出院手续吧。"

回到病房，王莺莺打过镇痛泵，睡着一会儿，醒了，小口吃着程霜剥的龙眼肉。

刘十三声音是哑的："外婆，我们回家。"

王莺莺鼻下挂着氧气管，精神不错，听说能回家，开心地催程霜扶她起来："早说不要进医院，耽搁几天，赶上下雨。"她伸出胳膊，让程霜给她穿外套，"最怕过个脏年，地都扫不干净。"

刘十三用手掐自己大腿，心痛得不行，勉强开口："我去办出院手续。"

他一出房门，王莺莺垮掉似的，身子一软，程霜赶忙扶她缓缓往后靠，王莺莺摇头，喘息着穿好衣服，坐在床边。

她干瘦的手，抖着去抓程霜的手，说："小霜，外婆知道你的事，我去找罗老师聊过天。"她把程霜的手贴着胸口放，用尽全力贴着，似乎要用苍老的身体去保护什么，说："别怕，小霜别怕，你这么好的姑娘，老天爷心里有数的，不会那么早收你的。"

程霜眼泪哗地下来了。

她笑着说："外婆，我撑了二十年了，医生都说是奇迹，你也可以的。"

王莺莺一只手握着她，另一只手去替她擦眼泪："外婆不成了，就想告诉你，你要喜欢那小子，是他的福气。你要不喜欢，就别管他，随他去，外婆留了钱给他，他能活下去的。"

程霜眼泪吧嗒吧嗒，王莺莺把她的手贴上自己的脸，程霜发现手心也是湿漉漉的，外婆也哭了，那个耀武扬威的王莺莺哭了。

程霜抱住她，怀里的身体又轻又瘦，她哽咽着说："外婆，你没事的，我们都能活很久的……"

王莺莺笑了："知道了，傻孩子，那，外婆就不说谢谢你了。"

在女孩的怀里，老太太轻柔地说："因为啊，一家人。"

回家后，王莺莺时而迷糊，时而清醒。清醒的时候，她让刘十三取她照片，去年补办身份证拍的，说这张照片好看，头发梳得时髦，留着放大当遗像。

讲到自己好看，她口气还很得意。

头脑模糊的时候，刘十三紧紧握住她的手，老太太手心冰冷，一滴汗都没有。她会无意识地流眼泪，说天太黑，走路害怕。刘十三把家里的灯都打开，她还是说太黑。

腊月二十三，这几天莺莺小卖部都有熟人。年长的婆婶们知道，丧葬的事刘十三不懂，一个个自发地忙前忙后。刘十三守在卧室，大家奇异地保持安静，没有吵醒睡着的王莺莺。

街道办的柳主任告诉刘十三，他请了和尚，刘十三道过谢。

昏睡几天的王莺莺突然咳嗽一声，醒了，刘十三赶紧凑过去："外婆，我在这儿。"

王莺莺瘦得皮包骨头，轻微地喊："十三啊。"

"外婆，是我。"

"我的外孙啊。"王莺莺手动了动，刘十三深呼吸，弯腰，脸贴着她的脸。

王莺莺说："我的孙媳妇呢？"

王莺莺没头没脑冒出这一句，刘十三一愣，旁边程霜一直听着，这时候握住王莺莺的手："我也在呢。"

王莺莺转动眼珠，看着两个年轻人，说："你们结婚吗？"

程霜说："结的。"

老太太说："什么时候？"

程霜说："马上。"

王莺莺笑了，笑意只回荡在眼里。她松开刘十三的手，从枕头底下摸出一支录音笔。她递不动，攥着录音笔，搁在床边。

王莺莺仿佛很累很累，咕哝出最后一句："十三，小霜，你们要好好活下去，活得漂漂亮亮的。"

然后她闭上了眼睛。屋内哭声四起，一名和尚双手合十，掌中夹着念珠，快速念起经文。

南无阿弥多婆夜，哆他伽多夜，哆地夜他，阿弥利都婆毗，阿弥利哆悉耽婆毗，阿弥利哆毗迦兰帝，阿弥利哆毗迦兰多。伽弥腻，伽伽那，枳多迦利，娑婆诃。

2

王莺莺腊月二十三走了，云边镇已经满满过年的气息。卖场放着《恭喜恭喜你》，街角孩童炸起零散的爆竹声，人们身上的衣服越来越鲜艳，年轻人陆续返乡，笑容洋溢在每一张面孔上。

腊月二十四葬礼，和王莺莺有交情的，都来帮忙，人依旧少，快过年了，普通人还是害怕晦气。刘十三拒绝了一切仪式，他只想让王莺莺好好躺着，好好休息，好好在这个院子里，能平静地度过最后一夜。

腊月二十五火化，刘十三心中空空荡荡，一丝裂痕悄悄升起，疼得浑身都麻木了。但他没有哭，他和程霜忙所有的事情，他要挺住，不然王莺莺会骂他。他甚至忘记了，程霜也没经历过，女孩戴着黑袖章，咬着牙和他一起撑着。

腊月二十六夜里，飘起细密的雪花，清晨白了连绵的山峰，街道满布脚印。除了超市，只剩卖兔子灯的、爆竹店和腊货铺子营业。家家户户开了自酿的米酒，随便一个窗户，都会飘出来蒸汽和腌菜肉丝包子的香味。小雪带点冰珠，和着人们的欢声笑语，在小镇飘了一天。

腊月二十九小年夜，程霜掀开刘十三家门口的白布幡，屋檐挂着白条，满院子的雪没铲，眼内全是一片白。正屋门槛后，花圈靠着台子，桌台上摆一幅老太太的黑白遗像，哪怕这几天日日相见，她眼泪还是流了下来。

明天除夕，也是王莺莺的头七。《天气预报》说，晚上暴雪，上山的路政府用护栏封了。但刘十三一声不吭，小心翼翼整理灯笼，万一哪支蜡烛没有芯子，点不着。

雪太大，上不了山，挂不了灯。程霜知道，但没有劝他，无声地蹲在他身边，跟着整理灯笼。天黑后，程霜没走，和刘十三一起，肩并肩坐在灵堂前，守好最后一夜。

后半夜，程霜头耷拉在门框上，被冻醒，她起身，腿脚一阵酸，走到院子，一抬头，鹅毛大雪扑落，灯光中翻飞不歇，跌在身上也不融化。

刘十三坐在桃树下，默不作声，全身是雪，头发衣服白了，不知道已经多久。

程霜坐到他身边，没有伸手去替他拍掉雪花，默默守着，让夜空无数洁白不知疲倦地坠落。

慢慢地，院子里的两个人，变成雪人。

年三十，大雪封山，不能给王莺莺点灯，镇上的人陆续冒雪而来，灵堂前鞠躬。刘十三和程霜一一回礼，送走大家。下午两三点，就没人来了，毕竟是除夕，尽早表了礼，还要过年。

黄昏时分，天就黑了。路灯打亮飞舞的雪花，爆竹震天响。小孩子成群结队，提着花灯，到处拜年，到谁家喊一声新年好，就收到一个红包。欢笑声，劝酒声，阖家团圆有说不完的话，汇聚成河，流淌在云边镇的街道。河流绕开一个院落，院内白素在寒风中摆动。

刘十三轻轻抱住程霜，说："谢谢，罗老师会等你的，总得回去吃个年夜饭。"

程霜摇头："她说让我看着你，我不走，怕你犯傻。"

刘十三勉强扯下嘴角，说："怕我去点灯？不可能的，封路了，这么多灯笼，我一个人怎么挂。"

程霜认真地说："如果你要去，我陪你。"她鼻子冻得通红，昨夜雪中坐了半宿，浑身湿了，也没回去换衣服，白天一个一个鞠躬回礼，这会儿脸上浮起不正常的红晕。

刘十三说："会感冒的，你回去洗个热水澡，我就在这儿，不走。等你来了，我们一起把灯笼挂院子里。王莺莺那么厉害，看得见的。"

程霜哆嗦着往掌心呵了口气，点头说："好，那你等我。"

3

弯腰钻过山脚的护栏，鞋子陷进雪堆，刘十三把一盏灯笼系在腰上，奋力拔出脚，电筒光柱随他吃力地动作，一阵乱晃。

他深吸一口气，开始爬山。

这条山路，他上下过无数次。春夏秋冬，山峦绿了又黄，他见到沿路不同的色彩。大雪纷扬，原来山白色的时候，每一步都那么艰辛。刘十三喘着气，膝盖以下湿透，心脏跳得飞快。他不能停，一停，羽绒服里的汗水会把人冰僵，刀割一样。

一脚下去，脚脖子就没了。身后的脚印，只能依稀看见十几个，一溜顺着山道，盖住只用几分钟。刘十三摔倒的次数都数不清了，从第二次开始，他解开灯笼，抱在怀里，怕被压坏。雪深不好走，一摔，陷进雪里，也滚不下去，只是整个人爬起来，太吃力了。这跟自己的人生真像，咬牙已经没有用了，摔不死，爬不动，自己喊着加油，挪一步拼尽全力。

一个多小时的山路，雪夜中，刘十三爬了七八个钟头。

刘十三踩到山顶的雪，鞋子不见了。他瘫了一会儿，艰难地起身，手脚冻得失去知觉，连续试了几次，才把灯笼挂在树枝上。

他喃喃自语："王莺莺，我没本事点亮整条路了，就挂一盏，山顶挂一盏，你肯定能看见的。"胸口内兜几个打火机，还有一瓶火油。刘十三点着灯笼，卖灯的师傅说，这盏防风，贵五十。

微弱的火苗，跳跃在山巅，驱开一圈小小的夜，围着它四周，雪花晃悠悠。

树底下碎石块简单搭好，捡些粗细不一的树枝，浇上火油，刘十三点了堆粗糙的篝火。靠着树干，围巾包住脚，头顶就是随风摇晃的灯笼，刘十三昏昏睡着。

雪停了。

4

刘十三醒来的时候，被人紧紧抱着。天色蒙蒙亮，篝火熄掉，山巅寒风逼人，他揉揉眼睛，看见程霜扑闪着眼睛，浑身裹得球一样，正用一个小暖炉焐他的脸。

她笑嘻嘻地说："我比你聪明，带装备了。在家我就知道不对，穿了两条秋裤才出门。果然，你上山了，还想骗我。"话出口，虽然她假装轻松，声音却是抖的。

刘十三拿过小暖炉，抓在手心，焐她的手："很冷吧？"

程霜瘪着嘴，泪水从眼底漫上来，放声大哭："太他妈的累了，呜呜呜呜，我爬了他妈的十个钟头，呜呜呜呜，鞋子掉了好几次，呜呜呜呜……"

刘十三手忙脚乱替她擦眼泪，手冻得僵，不听指挥，擦得笨拙。程霜不管不顾，哭着喊："外婆呢，外婆能看见吗，她能找到路吗？刘十二，我好难过啊，我怎么这么难过，外婆能找到路吗？你说啊……"

云的边缘带上金黄色，天际缓缓变亮，朝日从云间拱出来，霞光无声蔓延，翻腾的云海似乎就在脚下。

山顶穿破云层，两人仿佛站在一座孤岛上，海浪涌动，雾气弥漫。岛上铺满白雪，一棵树上挂着熄灭的灯笼，云海之间孤立无援。

"将来要是我考不上大学，就回来帮你看店。"

"说不定我活不到那时候。"

"外婆，你去过外边的，山的那头是什么？"

"是海。"

"老家就这么好？"

"祖祖辈辈葬在这里，才叫故乡。"

"外婆，你会不会永远陪着我？"

"外婆在的，一直在。"

望着这片山间的海洋，刘十三心想，我没有外婆了。是啊，以后没有人举着笤帚，满镇子追他。没有人一把掀开被子，拖他去吃早饭。没有人叼着烟，拍他的后脑勺。没有人擦着汗，在云边一家小卖部搬着箱子，等自己的外孙回家，一等就是一年。

眼泪终于滚出眼眶，努力压了好几天的悲伤，轰然破开心脏，奔流在血液，他嘶哑地喊："王莺莺，你不够意思！王莺莺，你小气鬼！王莺莺，你说走就走，你不够意思！"

5 /

柳絮一飘，春天不容置疑地到来。不管什么乍暖还寒，柳絮就是飘了，飘遍云边镇。人们放下去岁的哀愁喜悦，告诉自己，新的一年真正开始。

莺莺小卖部也没凝固在冬天，暖风执意吹拂，把嫩叶的影子吹上雪白的墙壁，吹开了桃花。第一朵花苞冒出来的夜晚，树下的刘十三打开那支录音笔。

"喂？喂？"

王莺莺的声音，老太太小心翼翼地试着："十三啊？"

他回答："嗯。"仿佛外婆站在面前跟他说话。

录音笔的声音很清晰。

十三，外婆有几句话想跟你说，怕你不自在，就录下来了。等我走了，你自己一个人听。那，如果有一天你妈回来，我是等不到了，但万一她肯回来，你碰到的话，帮我跟她说，我不怨她，让她别太难过，她永远是我的女儿，我永远都盼着她好。

她去哪儿，嫁到再远的地方，回不回来，都是我的女儿。

记住啦，别瞎讲八道，你妈不容易，别怪她。她走那天，我在树底下埋了一坛酒，等她回来，你陪她喝，就当我陪她喝的。

还有啊，老李的钟表铺，我卖了。钱汇过去，老李不肯收。他说，给云边镇小学的学生买保险，住在小镇二十多年，人走了，留点印子吧，为镇上小孩做点事情。我不会搞你那些单子，存折在床头柜，如果你有空，去帮老李填一填。免息了，别乱花，不然揍死你。

还有什么来着，哎，差不多了，怎么关掉啊这个东西……

录音笔里传来一阵窸窸窣窣，嘀地一响，杂音戛然而止。

刘十三仰起头，三月的星空清澈。望着星群隐去，薄云渐亮，他站了整个晚上。那天之后，桃花纷纷钻出来，长大，花萼绽裂，花瓣细细伸展铺开，薄薄地晃成一片粉红。

连续一周，程霜拿来学生资料，刘十三默默填着单子。儿童意外险不贵，每份两百多，老李头的钱足够交三年。八百多份了，不知不觉离一千份已经不远，但刘十三并不惦记。这些是一个老人对这片土地的心意，他留给住了二十多年的这座山间小镇。

有一天，刘十三发现，工作群里侯经理不见了。侯经理离职还是调职，他没问，那个赌约在他心中，早就不复存在。一笔笔努力谈下来的单子，发往公司，他已经正常地领着工资。

6

三月底，花瓣凭借自身微小的重力落下，打着旋，悠悠地坠到地面，积成一层粉红色。

程霜带了份早饭，炖蛋、速冻水饺、一个洗干净的苹果。她照常把饭盒递给刘十三，脚步却没离开。

程霜说："跟你讲点事，怕以后没机会。喂，认真点，背下来，不许忘记。"

她自顾自地说："十一岁那年，爸妈决定搬去新加坡，他们说机会再渺茫，也要试试看。我不愿意去，写了张字条，说对不起，让他们再生个活泼健康的孩子。"

刘十三扭转头，看见女孩头发上飘下几片桃花瓣。

"小姨跟我关系好，我自己坐车逃过来，遇见你。云边镇多好啊，那么温柔那么美，数不清的蜻蜓、萤火虫，山上还能采到菌子。喂，你怎么走神了，是不是在想牡丹！"

刘十三一怔，牡丹？这名字陌生起来了，他呆住，以为刻骨铭心永世不忘的人，已经不再记起。

上次想念牡丹是什么时候？不知道了，也许是他卖完保险累得倒头就睡那天，也许是毛婷婷结婚那天，也许是担心王莺莺太难受，辗转难眠那天。

他忘记牡丹，忘记的天数多了，再度加载记忆，连她长什么样都有点模糊。原来他并不如自己所想般深情，也不如自己所想般颓废，真正的刘十三，一直在努力活下去。

程霜冷哼一声："其实我觉得，云边镇最好的是你。那时候，你傻不拉叽给我带东西，我起早一睁眼，想，刘十三这个傻蛋今天会带什么？你这么笨，只有我能欺负，别人都不行。后来，爸妈给小姨打电话，我接了，我妈哭着说，她对不起我，没给我健康的身体，她求我回去，说有一点希望也要坚持。我想，那试试，只要我活着一天，他们就还有幸福。"

程霜嘻嘻一笑："我很早熟吧？"

刘十三笑不出来，他板着脸："说慢点，我怕背不住。"

程霜白他一眼："我去了新加坡，做检查，等报告，做手术，再复查。一年又一年，待的地方只有医院和家。我说就算死，也不能当个文盲死了，于是爸爸请了家教。做作业的时候，我想着，你是不是上初中了，是不是上高中了，有没有遇到野蛮的女孩子，还记不记得我？"

她悠悠地说："我居然活着，一直活着。二十岁那年，妈妈跟我开玩笑，介绍男孩子给我。我想，自己永远不知道能否有明天，突然死了，男孩子岂非很伤心？那我多么对不起他。"

瞥了眼傻看着她的刘十三，她嘿嘿一笑："我想来想去，要是我的男朋友是你，那就不会觉得对不起了。然后呢，二十岁生日前，我又溜出去了。

"你的地址，小姨告诉我的。谁知道啊，我带上所有积蓄，漂洋过海去看你，跑到你上大学的城市，你居然真的不记得我了！"

程霜气鼓鼓，刘十三嘿嘿挠挠头："你不也没认出来。"

程霜哼了一声，说："你这个白痴，果然被别的女孩子欺负，那我要罩着你嘛，本来想把那个女孩子打一顿，怕你不舍得，就送你去见她。

"只是我爸妈来得太快，来不及跟你告别，就被他们抓到带回去。"

刘十三轻声问："你是不是不能出医院？"

程霜点头："那当然，天天得去。这辈子我就出来过三次，一次四年级，一次二十岁，还有一次，就是这趟啦。真好呀，每次都能找到你。"

刘十三微微发抖，眼眶酸了，他没想到，开朗的程霜从没接触过外面的世界，他更没想到，她每次冒险，都为他而来。

程霜满不在乎，得意地说："放心，这次不是偷溜出来的，吃药没意义了，手术安排在四月，所以放我自由行动。"

四月。刘十三心一颤。他不敢看程霜，他知道，失去这个女孩的时刻，似乎越来越近。

程霜拍拍裙子，裙裾里掉落花瓣，她站直，含泪笑对刘十三："所以，我要走啦。"

说完这句话，女孩的眼泪控制不住大颗大颗滚落。

刘十三呆呆的，他不能说别走。

女孩哭着说："你不许跟我一起走，不许，如果手术失败了，我死了，我会觉得对不起你。"

她哭得上气不接下气："可是我走了，你怎么办，谁给你送饭？谁帮你找资料？你这么没用，废物一样，你发誓，你给我发誓，你会好好吃饭……"

程霜从没这么哭过，球球被带走，外婆去世，雪夜爬到山顶，她都没哭得这么惨，因为她再难过，都惦记着，要安慰刘十三，一切会好的。

　　她哭着说："你又懒，又傻，脾气怪，说话难听，心肠软，腿短，没魄力，也就作文写得好点，土了巴叽，他妈的，我怎么会喜欢你，可我就是喜欢你……"

　　曾经另一个女孩，两年前平静地对刘十三说，你挺好的，什么都不用改，你是个好人，但我们不适合。

　　刘十三拨开她沾在脸上的发丝："你这么哭，好丑啊。"

　　程霜又哭又笑："你才丑，你丑出天际，世界第一丑。"

　　刘十三说："我这么差劲？"

　　程霜点头："对，你很差劲，一无是处，可我就是喜欢你，从小时候开始就喜欢你。"

　　刘十三向着桃花树举起手掌："我会好好地吃饭，睡觉，活下去，活得越来越好，好到不得了。"

　　听完他的誓言，女孩蹦蹦跳跳到门口，转身，说："最后两句话。第一句，别来找我，如果我活着，肯定会来找你，不管你在哪里，我都会找到你。"她伸手比画，双臂张开，"因为你呀，是我生命中那么亮那么亮的一缕光。"

　　女孩对刘十三露出明媚的笑容，笑容耀眼："第二句，如果下次再相见，我们就结婚吧。约好了？"

　　刘十三用力点头，无比郑重："好。"

　　程霜离开的时候，春风穿过云边镇，花瓣纷飞，好像幸福真的存在似的。

7/

辞职之后，刘十三申请到给福利院当义工的资格。负责他的春姐知道他跟球球的关系，叮嘱他："如果义工表现出对某个孩子的偏爱，会伤害到其他孩子。"

刘十三点头答应，偷偷跟球球这么说过，两个人便有默契，在旁人眼里只是普通的友好。

趁其他小朋友没注意，刘十三会朝球球挤眉弄眼。小丫头郁郁不乐的脸上，这时才能浮现出淡淡的笑容。

一次球球在走廊喝酸奶，刘十三在廊下除草，两人都没看对方，低着头聊天。

"来这里之前，镇上的小孩说我是神经病的女儿，杀人犯的孩子。我爸爸明明没杀人，但他真的不对，真的犯法了，所以我也不会和他们打架。"

如果有人路过，只会看到球球捏着酸奶盒子，小腿在走廊栏杆上一荡一荡，自言自语着什么。

她身后戴草帽的青年义工停下工作，他听到，球球第一次主动提起王勇。

球球吸溜一口酸奶："到这里虽然吃不饱，可没人会说你。好多小孩连爸妈都没见过，身体还不好。比起他们，起码我没生病。"

刘十二迅速抬头瞥了下球球，七八岁的小女孩，表情成熟得如同大人，她说："所以你不要担心啦，难道你一直在这儿陪着我？又不赚钱的，你要是变成穷光蛋，找可不管你。"

刘十二扶扶草帽，埋头继续除草："拉倒吧，我来第一天，是谁高兴得直哭？再说，义工服务期只有一个月，我下次来只能明年咯。"

听完这句话，球球沉默会儿，跳下栏杆，气呼呼地把空酸奶盒丢进垃圾桶，一溜小跑走开。

刘十三在的一个月，球球的表现出乎意料。原以为小霸王到了孩子堆，肯定作威作福，结果她不吵不闹，甚至还被别人欺负。

食堂发饭，球球的餐盘被另一个小朋友碰掉。她还没说什么，小朋友先哭起来，喊来保育员，说球球拿盘子丢她。

刘十三忍不住想出来做证，球球微微冲他摇头，跟保育员说对不起，是她没端稳餐盘。

保育员教育几句，拉着那个哭的小朋友坐到另一桌。

刘十三重新拿餐盘给球球，扣上一份白菜炒肉，低声问她："为什么不说实话？"

球球仰脸看他，露出让他心酸的笑容："要是跟他吵架，以后怎么办？你又不会一直在这里。"

刘十三懂了，从球球进福利院那天开始，她就再也没有靠山，没有亲人，所以她必须懂事，小心地保护自己。

他走的那天，小姑娘一节课都心不在焉，不停往窗外看。

刘十三收拾好东西，正要走出校门，春姐来告别，递给他一张纸，是球球写的第一篇作文。

春姐说："老师让小朋友们写喜欢的动物，别的孩子写小猫小狗，你猜球球写的什么？"

球球写的是刘十三。

"我最喜欢的动物叫刘十三，他个子不高，非常穷，长得有点帅。"

春姐笑开花："她居然写你，哈哈哈哈，她一定特别喜欢你。我把这篇作文留下来，给你做个纪念吧。"

刘十三谢过春姐，跟她挥手告别。

8 /

刘十三头靠车窗，手里拿着一张纸，放在腿上。他闭着眼睛，车子一颠一颠，开向远方，一滴泪水滴落纸张。

这个动物很奇怪，他家开小卖部，经常给我带好吃的。小卖部在山里，就像住在了云朵边上。小卖部里还有太婆，和另外一个动物，我也很喜欢，叫程霜。

我爱你，

你要记得我。

Chapter

16

我爱你

1

　　盛夏海滨，刘十三平躺沙滩，寄宿的这家旅馆前台说，这儿少有游客来，沙子细腻干净，是个安静的好地方。

　　他常常带罐啤酒散步，双脚伸进浪花，走到傍晚，会有居民遛狗，卷毛小狗吠叫着扑腾，主人脚步悠闲。

　　不去海边的时间，他在民宿咖啡区写东西。

　　前台小妹好奇，问："你好严肃哦，是作家吗？"

　　他摇头："我是保险业的，度年假。"

　　小妹说："哦，那你写报告啊，是不是业绩太差，我看你经常写哭的啦！"

　　刘十三笑了："我虽然卖保险，但想试试写小说。"

　　小妹不再打听，旅行的文艺青年很多，刘十三最不文艺，居然卖保险。

　　他脱离工作一个多月，在这边住了两周，打算结束后找新公司。其间他走遍这座海边小城，碰到老房子，他都会停顿下，进去晃悠半天。买了很多次凤梨酥，没见到老李头。

　　年轻人机车飞驰，夜市小吃香喷喷，情侣吵架，女孩带着哭音大喊，男孩吼回去，片刻后男孩紧紧搂住女孩，哭声变成呜咽。嚼一嚼槟榔，咬一口莲雾，冰茶透心凉，棋盘脚真的夜里开花。刘十三想知道，在这样的城市结婚，生活，离开，那会是怎样的呢？

是不是像隔着山和海的一个梦？

终于，刘十三写完了，结账准备离开。前台小妹好奇地问："你写完了哦？"

"写完了。"

"那你后面寄给我一本，会不会太麻烦？"

"不会。"

他记下小妹妹的联系方式，小心夹进背包。

2 /

二〇一七年农历八月十五，雨后的山林生机勃勃，一道彩虹扎根天边。世间万物都是有故乡的，刘十三伫立在他诞生的院子，和外婆说，感觉有人在想我们。

他经常说这句话，这次无人应答。

刘十三回过头去，望见堂屋空荡荡。老房子的木门刻着一行字：王莺莺小气鬼。

左手边厨房门开着，灰白的灶头热一壶开水，在他眼中，恍惚有个小孩站在板凳上，努力挥舞锅铲，想炒一盘青菜，外婆进货回来，可以给她吃。

风吹过，院门吱呀打开，清凉的水汽贴住他脸庞。他回来了，中秋要回来的。云边镇的秋天，清爽又迷人。

刘十三对着桃树说，你不在啊王莺莺，那就是你在想我了。

然后他的眼泪一颗一颗掉下来，说，我也很想你，外婆。

3

书店上架一本新书，尽管并没有多少人关注，偶尔也有人拿起，读到山里有个小镇，叫作云边镇。扉页写着：为别人活着，也要为自己活着。希望和悲伤，都是一缕光。总有一天，我们会再相遇。

智哥发消息，邀请他去南京："正好我要开演唱会，你就签名送书，算是文艺界共襄盛举。"

刘十三惴惴不安："开演唱会？人很多吧，我带多少本合适？"

智哥算了算，回复他："多带点，起码五十本。"

刘十三去福利院申请，被批准带着球球过周末。他牵着欢天喜地的球球，走到上海路，酒吧不大，只能容下四五十人。

八点半左右，已经爆满。下班的中年男人，附近的大学生，美丽的女白领，举着杯子，大声聊天。智哥是谁？很有名吗？不重要。酒吧常客说，这驻唱的家伙有两把刷子。

智哥唱起了歌，歌名《刘十三》。

我有个朋友叫刘十三，

他的日子很平淡。

刘十三成绩不好，

爱情被埋葬。

刘十三拼命工作，

吃嘛嘛不香。

卖卖保险写写书，

未来那么长。

蝴蝶死在路上，

云边藏着念想。

有些人刻骨铭心，

没几年会遗忘。

有些人不论生死，

都陪在身旁。

相爱一起打算，

重逢不必计算。

那么多年都算了，

人算不如天算。

喝一杯酒，

我们两两相忘。

写一封信，

我们地老天荒。

朋友你别怕，

脚步别停啊，

生活未完待续，

一定跟得上。

哎呀呀，我的朋友刘十三。

刘十三，刘十三，

活着就不能算失败。

刘十三，刘十三，

你不会就这么完蛋。

曲调简单，人们喝着啤酒，左右摇摆，一起跟着大声唱："刘十三，刘十三，活着就不能算失败。刘十三，刘十三，你不会就这么完蛋。"

角落几个女孩唱着唱着，眼角有泪，不知道想起了谁。人们忘我地干杯，大声高唱，满场都是整齐的呐喊："刘十三，刘十三，活着就不能算失败。刘十三，刘十三，你不会就这么完蛋……"

球球问："爸爸，他唱的是你吗？"

刘十三搂住她："算是，也不是。"

4

二〇一八年一月二十九，刘十三落地新加坡，旅行箱内衣服压着几本书。按罗老师给的地址，到了肯桥路。刘十三脱了厚重外套，这儿二十多摄氏度，天空一碧如洗，大街上都是黄皮肤的人走动。

按着罗老师的微信定位地址，刘十三走进公寓。开门的是位文雅的中年妇人，眼角带着纹路，依旧是好看的杏仁眼，跟程霜的眼睛一模一样。

"你是……"

刘十三紧张地鞠个躬："阿姨好，我叫刘十三，程霜的朋友，想给她过生日。"

中年妇人微笑着看他许久，轻轻柔柔地说："你就是她生前一直提起的刘十三啊。"

刘十三眼圈突然红了。

中年妇人说："你不听话哦，她不是让你别找她吗？"她眼中泪光闪烁，"我跟她打赌，你一定会来，看来我赢了。"

"她给你留了东西。"程霜妈妈指着客厅中央挂着的画。

那幅画刘十三进门第一眼就看到了。

"最后几天她拼命画，她说，画的名字叫《一缕光》。我不明白这个名字的意思，她说你肯定明白。"

刘十三当然明白，他站在画前。

那是幅水粉画，矮矮院墙，桃树下并肩坐着两人。斜斜一缕阳光，花瓣纷飞，女生的头微微靠在男生肩膀上。

现实中他们没牵手。而画中的女孩，牵着男孩的手，阳光下的幸福美好到看不清。

画下方，用钢笔写了几行字，字迹娟秀，仿佛透着笑意：

　　生命是有光的。

　　在我熄灭以前，能够照亮你一点，就是我所有能做的了。

　　我爱你，你要记得我。

Epilogue
后记

谢谢你能读完这本小说。

写给我们内心卑微的自己，

写给我们所遇见的悲伤和希望，

和路上从未断绝的一缕光。

写给每个人心中的山和海。

写给离开我们的人。

写给陪伴我们的人。

写给我们在故乡生活的外婆。

我们下次再见。

扫一扫

听智哥写给刘十三的歌曲

图书在版编目（CIP）数据

云边有个小卖部 / 张嘉佳著 .—长沙：湖南文艺
出版社，2018.7（2024.4 重印）
ISBN 978-7-5404-8764-5

Ⅰ . ①云… Ⅱ . ①张… Ⅲ . ①长篇小说—中国—当代
Ⅳ . ① I247.5

中国版本图书馆 CIP 数据核字（2018）第 118592 号

上架建议：畅销·小说

YUNBIAN YOU GE XIAOMAIBU
云边有个小卖部

作　　者：张嘉佳
出 版 人：陈新文
责任编辑：薛　健　刘诗哲
监　　制：毛闽峰　李　娜
特约监制：刘　霁
特约策划：李　颖　由　宾　张　璐
特约文案：王苏苏
营销编辑：吴　思　霍　静　杨　帆　周怡文
版式设计：利　锐
封面设计：尚燕平
书籍插图：瓜　里

出版发行　湖南文艺出版社
　　　　　（长沙市雨花区东二环一段 508 号　邮编：410014）
网　　址：www.hnwy.net
印　　刷：三河市鑫金马印装有限公司
经　　销：新华书店
开　　本：875mm×1230mm　1/32
字　　数：215 千字
印　　张：10.25
版　　次：2018 年 7 月第 1 版
印　　次：2024 年 4 月第 17 次印刷
书　　号：ISBN 978-7-5404-8764-5
定　　价：42.00 元

若有质量问题，请致电质量监督电话：010-59096394
团购电话：010-59320018